긍정의
야구

이정후가 앞으로 나아가는 법

긍정의 야구

실패는 철저히 버린다

bs

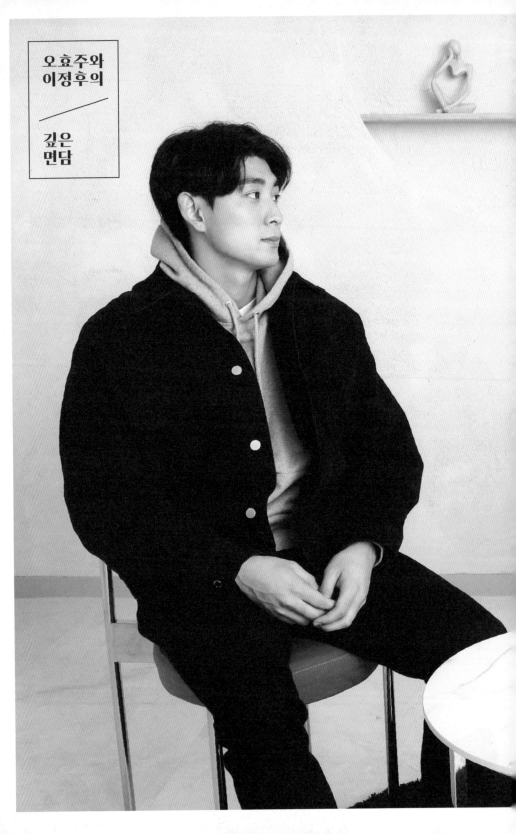

오효주와
이정후의

깊은
면담

『긍정의 야구』는 스포츠 아나운서 오효주가 2017년부터 2023년까지 약 7년간 취재 대상으로, 인터뷰 대상으로 소통해온 야구선수 이정후와의 대담을 글로 옮겨 한 권의 책으로 구성한 것이다. 각자 방송인으로서, 선수로서 오랫동안 짧은 대화를 주고받던 이들은 2022년 그리고 2023년 긴 시간의 '면담'을 갖고 이 책을 함께 완성했다.

염 경 엽

/ LG 트윈스 감독 이정후 선수가 최고의 타자인 이유는 야구에 대한 좋은 생각을 지니고 있기 때문이라고 말할 수 있다. 그 안에는 다양한 요소가 있다. 우선 무시할 수 없는 요소는 기술적인 부분이다. 그는 타자로서 갖춰야 할 기본기가 잘 다져진 선수다. 그리고 못지않게 중요한 요소들이 있다. 바로 선수로서 지켜야 할 예의와 야구에 대한 소중하고 간절한 마음이다. 이 당연한 이치를 누구보다 잘 알고 지니고 있는 선수가 바로 이정후다. 크게 흔들리지 않는 확실한 중심을 갖고 있는 선수이기에 그의 메이저리그 진출 이후의 활약 역시 의심하지 않는다. 이렇게 올곧은 생각을 가진 선수와 대한민국 최고의 스포츠 아나운서임을 눈으로 직접 확인한 오효주 아나운서가 심도 있는 인터뷰를 나눴다. 오효주라는 사람 역시 아나운서로서 탁월한 실력을 지녔다는 데 이견이 없을 것이다. 그라운드에서 마주한 오효주 아나운서는 늘 호기심이 많았고 차원이 다른 생각을 했다. 그리고 스튜디오에서 마주한 오효주 아나운서는 누구보다 야구에 진심이었고 사람의 마음을 헤아리는 데 많은 노력을 기울였다. 산전수전 다 겪은 나 역시도 일에 대해, 인생에 대해 많은 도움을 받을 수 있었다. 그들의 에너지가 담긴 이 책을 통해 많은 이들이 야구, 일, 인생에 대해 생각해보고 따뜻한 도움을 받았으면 하는 바람을 전해본다.

장 성 호

/ 야구해설위원 마이크를 드는 순간 모든 사람이 오효주 아나운서를 주목한다. 그는 때로는 따뜻하게 때로는 냉철하게 질문을 던진다. 예리하고 날카로운 질문으로 대중이 궁금해하는 것들을 묻고 전하지만, 상대방의 마음을 세심히 잘 읽으면서 대화를 이끌기에 그의 인터뷰는 늘 인간적이면서도 품위가 있다. 선수나 감독, 방송을 보는 팬들도 그 따뜻한 마음을 잘 느낄 수 있다. 말하자면 오효주는 '따뜻한 프로페셔널'이다. 최고의 프로 인터뷰어 오효주가, 최고의 프로야구선수 이정후를 만나 장시간의 인터뷰 끝에 한 권의 책을 만들었다. 둘이 주고받는 이야기는 따뜻하면서도 냉철하고, 인간적이면서도 철저히 프로페셔널하다. 무엇보다 사람 냄새가 있어서 좋다. 야구도 방송도 치열한 경쟁의 연속이지만, 사람 냄새만큼 중요한 것도 없다. 오효주와 이정후가 함께 만든 책은 마치 일기장처럼, 편지처럼 언제든 다시 꺼내어 읽어보고 싶은 이야기로 가득하다.

박 용 택

/ 야구해설위원 이정후 선수는 단 한 명의 스타가 아닌, 한국 야구의 새 시대 그 자체다. 세계 최고의 무대에 뛰어드는 이정후를 걱정할 필요는 없다. 그는 지금까지도 매 순간 아버지의 신화가 남긴 그림자와 싸워가며 모든 걸 이겨냈고, 쟁취했다. 그가 오효주 아나운서와 함께 어떤 이야기들을 들려줄지 궁금하다. 처음 함께 일하면서 지켜본 오효주 아나운서의 밝은 미소와 침착한 말투는 방송에 대한 그녀의 다짐인 듯 보였다. 하지만 시간이 지나 알게 되었다. 그것은 오히려 이번에도 완벽히 잘 준비되어 있다는 자신감의 표출이었다. 야구장에서든, 방송국에서든 함께 일하는 동료들은 그에게 신뢰와 존중을 가질

수밖에 없다. 그것은 그가 먼저 상대에게 신뢰와 존중을 나타내기에 가능한 것이다. 이 책에도 이정후라는 훌륭한 야구선수에 대한 신뢰와 존중이 차고 넘칠 만큼 담겨 있다.

김태균 / **야구해설위원** 이정후 선수는 해마다 발전하는 모습이 무서울 정도다. 그가 나날이 더 성장, 발전할 수 있는 비결은, 좋은 것을 잘 흡수하고 자기 것으로 만들어내는 능력에 있다. 어떤 상황에서도 늘 더 좋은 것을 찾아내 발전을 거듭해온 그이기에 앞으로 새로운 무대에서 보여줄 모습도 기대된다. 자신의 야구관과 성공 비결에 대해서 오효주 아나운서와 심도 있는 대화를 나눴다고 하니 궁금하다. 이 책을 계기로 아나운서에서 작가로 또 한 번 거듭나는 오효주의 행보도 응원한다. 발전에 대해 끊임없이 고민하며, 현실에 안주하는 것을 경계한다는 공통점이 있는 둘의 대화가 더 기대되고 궁금해진다.

윤희상 / **야구해설위원** 이정후 선수를 처음 상대했을 때의 느낌을 잊을 수 없다. 낮은쪽 포크볼 좋은 공을 미동도 없이 참아내는 모습을 보면서 '신인'이 아니라, '신'이 아닌가 싶었다. 타격의 신. 그는 타격에도 천부적인 소질이 있지만, 자신만의 스트라이크존을 형성하는 탁월한 능력과 선구안을 가진 선수이기에 메이저리그에서도 충분히 성공할 수 있다고 생각한다. 야구에 대한 애정과 식견이 남다른 오효주 아나운서와 함께 그동안의 야구 인생을 돌아보는 책을 만들었다고 하니 흥미롭지 않을 수 없다. 이제 막 야구의 재미와 매력을 알아가는 유소년 학생들이 책을 통해 이정후 선수의 긍정적인 마인드와 철저한 자기관리, 건강한 멘탈을 배울 수 있었으면 좋겠다.

유희관 / **야구해설위원** 이정후 선수는 '종범신' 이종범 선수의 아들로 태어나 어려서부터 큰 주목을 받았기에 항상 마음의 부담이 컸을 것이다. 너무나 큰 산이기에 과연 아버지의 벽을 넘을 수 있을까 했지만, 이제는 아버지 못지않은, 이상 가는 최고의 선수로 성장했다. 이정후 선수의 프로 커리어 첫 홈런 상대 투수가 나 유희관인데, 그 덕분에 첫 단추를 잘 끼워 승승장구하여 스타플레이어로 거듭나지 않았을까 싶어 뿌듯한 마음도 있다. 앞으로 더 큰 무대에서 뛰어난 활약을 펼칠 것임을 믿어 의심치 않는다. 이정후 선수가 메이저리그 진출 전 오효주 아나운서와 함께 긴 인터뷰를 가졌다고 들었다. 오효주 아나운서는 현역 시절 항상 인터뷰 분위기를 편안하게 잘 이끌어줘 고마운 마음에, 일종의 팬심이 있었다. 은퇴 후 여러 방송사로부터 해설위원 제안을 받아 고민하고 있었을 때, 진심을 다해 내 얘기를 들어주고 상담해주었기에 KBS N을 선택하게 된 부분도 있다. 이 책을 읽는 독자들도 '마음이 담긴 대화'가 어떤 것인지 오효주의 말과 글을 통해 확인할 수 있을 것이다. 그는 현재도 최고의 스포츠 아나운서이지만 앞으로 더 성장하고 발전할 수 있을 것이다. 나는 아직 오효주의 전성기가 오지 않았다고 생각한다.

오효주는
왜
이정후가
궁금했을까?

스포츠 현장에서만 알게 되는 것들이 있다. 듣고 들리는 게 있고, 보고 보이는 게 있다. 최근의 심리상태나 남모를 개인 사정. 준비과정이나 '루틴'이라 불리는 버릇과 습관. 대화와 행동을 통해 생각보다 많은 것들을 알게 된다. 비단 선수의 최근 컨디션을 파악하는 게 전부가 아니다. 사소한 행동이나 순간을 대하는 태도, 평소의 마음가짐이 어떻게 지금의 저 선수를 만들었는지 혹은 완성시켰는지 발견할 수 있다.

그 속에서 선수들의 성향을 들여다보게 된다. 재능과 노력, 그리고 심리의 집합체라고 할 수 있는 운동선수. 그중에서도 심리에 주목하게 된다. 타고난 역량을 끝내 제대로 발휘하지 못하는 선수. 노력 이상의 결과를 만들어낼 줄 아는 선수. 기량을 펼치고, 펼칠 수 있게 하는 건 멘탈리티 Mentality 소위 '멘탈'이라 부르는 심리상태일 것이다.

그 속에서 나의 궁금증을 가장 크게 유발한 건 바로 자신감이다. 매일이 전쟁터라 불리는 스포츠 현장 속에서 나에 대한 자신감은 '롱런'의 필수 조건이다. 남이 나를 흔들기도 하지만, 나도 나를 흔든다. 나 자신이 적이 되기도 하는 이 치열한 현장에선 나를 지탱하는 군건한 힘이 필요하다. 자만으로 이어져서도 안 된다. 그야말로 내가 또 다른 적이 되어버리는 길이니까.

그래서 몇 년 전 이정후의 한마디는 흥미로웠다. 2019년 6월 28일 금요일, 대전이었다. 당시 키움 히어로즈는 한화 이글스를 상대로 6 대 5 한 점 차 승리를 거두며 연승을 만들었다. 3안타 2득점 활약과 함께 수훈선수로 선정된 이정후는 방송 인터뷰에서 오늘 전까지 상대 선발투수에 대한 공략이 어려웠지만, 강병식 타격 코치의 조언대로 한 것이 좋은 결과로 이어졌다고 답했다.

뭔가 더 비결이 있을 것 같았다. 공식 인터뷰 시간이 끝나고 오프 더 레코
드로 다른 비결은 없었는지 물었다. "운이 좋았다"며 웃어 보이는 그에게
의심스러운 표정을 지었더니 이어 하는 말. "재능도 있는 것 같아요. 비밀
이에요." 묘한 생각이 들었다. 궁금해졌다. 내가 아는 나의 재능 그리고 타
인의 조언을 흡수해 원하는 결과를 만들어내는 능력. 그리고 농담일지라
도 근거 있는 자신감이 느껴지는 그 여유로움. 사람들이 '젊은 선수답지
않다'고 말하는 그의 '멘탈'에 대해 더 들어보고 싶었다.

언제나 미디어에 친화적인 이정후는 인터뷰에도 항상 적극적이고 취재
진과의 대화도 자연스럽다. 그는 늘 자신감에 차 있고 어떤 우려의 시선
속에서도 긍정적인 미래를 그린다. 슈퍼스타였던 아버지와의 연결고리로
인한 '타고남'에 대해서도 능청스럽게 대응한다. 실력에 대해서도, 생활에
대해서도 남들과는 다른 잣대가 적용된다. 그럼에도 사람들이 불편을 느
낄 만한 선을 넘지 않는다. 그의 자신감에는 이유가 있어 보인다. 왜일까?

이 책을 쓰겠다고 했을 때 많은 이들의 공통적인 우려가 두 가지 있었다.
하나는 이제 20대 중반이 된 젊은 선수로 책 한 권이 나올 수 있을까? 또
하나는 늘 상승곡선만 그려온, 소위 말해 굴곡 없는 선수의 이야기로 채
워진 책이 대중의 관심을 모을 수 있을까? 하지만 역으로 그게 궁금했다.
사람들의 이런 시선을 이정후는 알까, 모를까. 이 젊은 선수는 그 시선에
동의할까, 부정할까. 그리고 이 당찬 선수는 그런 시선을 향해 어떤 메시
지를 전할까.

우려마저도 자신만의 이야기로 새로운 감흥을 선사할 것 같은, 그런 믿음
을 주는 선수. 이정후와의 이야기는 그렇게 시작됐다.

좋은 영향력을 줄 수 있는 사람이 되고 싶어요.

나중에 야구를 그만두고 나서라도,

나로 인해서 많은 사람이 좋은 영향을 받았으면 좋겠어요.

이정후 LEE JUNGHOO

오효주 OH HYOJU

제 인터뷰 철학에서 가장 중요한 건 하나예요.
대화를 나누는 동안 상대방이 행복하다는 느낌을 받았으면 좋겠어요.
제 말에 의해서든, 본인의 말에 의해서든요.
그 대화 속의 공기를 통해서 저 역시도 새로운 에너지를 얻거든요.

MIND CONTROL

프로야구 선수로 산다는 건 본인에게 어떤 의미인가요?

행복하죠. 어렸을 때부터 꿈꿔왔던 삶을 사는 사람이 몇이나 될까요.

하고 싶은 일을 매일, 재미있게 할 수 있다는 게 늘 감사해요.

다만 한 시즌 144경기를 치르다 보면 힘들고 지친다는 생각이 들기도 해요.

그럴 때마다 초심을 찾으려 노력합니다.

야구장에서 바라본 이정후는 모든 상황을 즐기는 것처럼 보
인다. 사교적이고 쾌활한 성격과는 또 다른 영역이다. 경기 전 훈
련 시간, 코치들 앞에서 수다쟁이가 되고 타격 연습을 할 땐 동료
들의 사기를 드높이면서 본인도 흥을 끌어올린다. 미디어 취재진
이 몰리는 시간엔 덕아웃에서 기자들에게 먼저 안부를 묻기도 하
고 본인 인터뷰에도 흔쾌히 응한다. 때로는 동료 선수 인터뷰에 참
견하기도 하고 대신 어필도 해주며 경직될 수 있는 분위기를 풀어
주기도 한다.

경기 중에는 팬들이 바라보는 모습 그대로다. 어느 한 타석,
외야 수비, 주루 플레이까지 허투루 하는 경우가 없다. 신인 시절
엔 상황적 압박감에 조금도 영향이 없는 듯 자신만의 타격을 이어
가며 중요한 상황을 해결해 나가는 모습이 신기했고, 주축 선수가
된 지금은 본인의 몫을 해내며 큰 세리머니로 덕아웃과 팬들까지
열광하게 하는 모습에 소름이 끼치기도 했다. 언제나 신나고 재밌
게 그 상황을 즐기고, 팀 스포츠 특성상 본인이 통제할 수 없는 결
과에 대해서는 묵묵히 받아들인다.

그 모습만으로도 새로운 자극이다. 굳이 대화를 나누지 않더
라도, 먼발치에서 바라보는 것만으로 때때로 흐트러지고 풀어진
내 모습을 가다듬는 데 충분한 동기부여가 된다. 그러다 문득 궁
금했다. 어떻게 저 모든 상황을 즐길 수 있을까. 모든 일이 마음먹

기에 달렸다지만, 또 가끔은 이정후도 지치는 순간이 있을 테지만, 그에 대한 인상 자체가 '즐기는 자'일 수 있는 이유.

이정후의 말대로 그는 지금 '꿈꿔왔던 삶을 사는 행복한 사람' 이다. 행복하니 당연히 즐길 수도 있는 걸까? 낭만적으로 들릴 수도 있지만, 순간순간의 현실은 또 다르다. 그가 꿈을 꾸던 어린 시절 했던 '야구'는 '놀이'였다. 누구나 그렇듯 야구를 즐기다 야구선수의 꿈이 생겼다. 하지만 유년 시절, 아버지 이종범은 '본격' 야구선수가 되겠다는 아들 이정후를 끝까지 말렸다. 자신이 걸어온 힘든 길을 걷지 않았으면 하는 마음이었다.

아버지께서 끝까지 겁을 주신 이유가 있었을 텐데요. 그런데도 왜, 무조건 야구가 하고 싶었을까요?

본격적으로 선수를 시작하기 전에 한 번 더 말씀하시더라고요. 분명히 힘들 거라고요. 근데 제가 괜찮다고 했어요. 왜냐면 너무 재밌었거든요. 아빠는 야구를 시키지 않으려고 하셨기 때문에 대신 다른 운동을 많이 시키셨어요. 축구도 하고 쇼트트랙도 했고, 수영도 했죠. 그런데 야구가 제일 재밌었어요.

스포츠란 게 유희와 경쟁을 함께 이르는 말이라지만 어린 시절엔 다 '재미있어서' 하는 일이었다. 그 경쟁에서 진다고 하루나

24 생계에 치명적인 영향을 미칠 일도 아니었다. 하지만 본격 프로선수를 준비하면서부터는 얘기가 달라진다. 가능성과 노력이 취업 여부를 결정하고, 그 이후엔 하루 이틀의 성적이 나의 연봉으로 연결된다. 1년마다 직장을 잃을 수도 있다는 불안을 견뎌야 한다. 유희보다 경쟁에 초점이 더 맞춰져 있고, 그 경쟁에서의 승패가 나의 생계와 직결된다.

그런 면에서 꿈을 이루고 살아가는 이정후의 모습은 여느 직장인과 같다. 좋아하는 일을 하면서 돈을 버는 일이라고 하더라도 결국, '프로야구선수'는 이정후의 '직업'이고 '야구'는 이정후의 '일'이니까. 힘들어도 출근을 해야 하고, 하기 싫어도 일을 해야 한다. 잘하면 인정받지만 못하면 도태된다. 생존을 위해, 더 나은 성과를 위해 끊임없는 노력을 이어가야 한다.

꿈과 일은 별개라고도 하잖아요.

그렇죠. 어릴 때만 해도 마냥 야구가 재미있었고, 내 꿈이 야구선수니까 그것만 생각하고 야구를 했어요. 하지만 프로선수가 된 이후에는 야구가 일이라는 생각도 들어요. 그게 잘못된 건 아니지만 제가 원하는 목표를 위해선 어릴 적 그 마음이 필요하니까요. 그때 빨리 초심을 찾아야 한다고 생각해요.

흔들리는 그 순간을 어떻게 이겨내느냐, 험난한 세상을 살아
가는 모든 이들의 숙제이기도 하다. 그럴 때 초심을 떠올리는 것.
정답을 알면서도 실천이 쉽지 않다. 이 부분에서 이정후도 특별히
다를 건 없을 것이다. 그래도 그가 택하는 구체적인 방법이 있다.
바로 어렸을 때 썼던 일기장을 꺼내 보는 일.

학교 다닐 때 감독님께서 일기장에 숙제와 함께 목표를 적으라고
하셨어요. 그 일기장을 지금도 잘 간직하고 있습니다. 힘들 때마다
그 일기장을 펼쳐보면서 다시 마음을 다잡고 야구를 하다 보니까
그때 적었던 목표를 거의 다 이뤘더라고요. 프로선수, 국가대표, 타
격왕, MVP, 팀 우승. 이젠 팀 우승만 남았네요.

도장 깨기 하듯 어릴 때부터 원했던 목표들을 하나하나 이뤄
가는 삶. 마치 만화 속에나 나올 법한 비현실적인 일 같아 보이지
만 달리 생각해 보면 그가 이뤄낸 모든 일은 그 일기장에 적힌 순
간부터 언젠가 이루어질 일이 됐는지도 모른다. 뭣 모르던 어린 시
절 막연하게 써 내려간 목표였을지라도, 그 일기장을 남다른 의미
로 받아들인 이상, 그저 그 시절의 패기를 보여주는 추억의 한 페
이지가 아닌 자신만의 버킷리스트가 된 것이다.

26 그때의 마음가짐과 함께 내가 왜 야구를 했는지를 떠올려요.
내가 그렇게 좋아했던 야구를 이렇게 원 없이 한다는 게 얼마나
큰 행복인가 생각하면 다시 마음이 정리돼요.

재미있어서 시작한 야구. 그래서 끝까지 재미있어야 한다는
마음가짐. 이정후가 재미있게 야구를 하는 모습은 팬들이 바라고
좋아하는 모습이기도 하면서 본인을 위한 방법이기도 하다. 현실
은 명백한 '일'이지만 그는 야구가 '일로 느껴지는 것'을 경계한다.

**하고 싶은 일을 하면서 돈을 버는 게 아무나 누릴 수 없는 축복이고
큰 행운이라는 생각은 저도 공감해요. 그런데 때로는 그게 가혹하게
느껴질 때도 있더라고요. 즐기고 싶은 일이 임무가 되고, 여가마저 업
무의 연장이 되는 느낌을 받을 때가 있거든요. 그런데 이정후 선수는
'일터' 안과 밖에서의 모습이 철저히 분리되어 있다는 느낌이 듭니다.
그래서 각각의 삶을 따로 즐기는 것도 가능한 걸까요?**
맞아요. 야구장에서 있었던 일은 야구장에 두고 나와요. 야구장 밖
에서의 삶은 또 다른 삶이니까요. 굳이 이어가고 싶지 않아요. 야구
를 잘하지 못한 날에는 기분이 좋지는 않죠. 그런데 경기 끝나면 그
냥 끝나는 거예요. 잘했다고 들뜨지도 않고요. 내일 경기 생각하고
그렇게 잠드는 거죠.

일과 일상을 철저히 분리하는 것. 일은 일대로, 일상은 일상대로 받아들이고 즐기는 거다. 일터에서의 스트레스를 일상까지 끌고 와 종일 자신을 괴롭히지도 않고, 일상 속 관심사를 일터로까지 연결함으로써 업무를 방해하지 않는다. 프로야구선수 이정후의 '마인드 컨트롤' 비법이면서 동시에 프로 직장인 이정후가 '워라밸'을 유지하는 비결이다.

02

RESET - 극복하는 힘

이정후도 슬럼프는 피할 수 없을 겁니다.
다만 그 시간이 짧게 지나가는 것 같은데요. 비결이 있습니까?

타석에서 생각을 많이 하면 후회가 남아요.

어차피 후회할 거라면 생각을 비워 보기로 다짐하죠.

야구 경기를 할 때 보통 네다섯 타석씩 기회가 와요.

근데 한두 번 치지 못한다고 해서 그날 5타수 무안타가 되는 건 아니죠.

볼넷도 있고, 희생타를 칠 수도 있어요. 그리고 세 번째, 네 번째,

다섯 번째 타석이 올 텐데 앞으로를 준비하는 거예요.

그리고 야수로 나가서는 수비를 하잖아요.

새로운 준비를 하면서 안 좋았던 타석에 대한 생각을 지우는 거죠.

아쉬웠던 지난날에 대한 후회와 미련으로 하루를 허비하다가
소중한 시간을 생각보다 오랫동안 망치는 경우가 있다. 왜 그랬을
까. 다시 돌아간다면 그렇게 하지 않을 텐데. 후회는 짧을수록 좋
다는 걸 알면서도 아쉬움이 큰 만큼 그 잔상은 더 오래 남게 된다.
쉽게 잊히지 않는다. 매년 새해 목표에 '돌이킬 수 없는 과거에 얽
매지 않기'를 꾸준히 적는 이유다. 그만큼 어렵다.

그래도 회복 시간이 주어지면 다행이다. 여유가 더 있다면 무
엇이 문제였는지 끝까지 파헤치고 돌아오는 것도 훗날 교훈이 된
다. 문제는 그럴 시간이 없는 경우. 시즌을 치르고 있는 야구선수
들이 이에 해당한다. 쥐구멍에 숨어버리고 싶을 만큼 오늘을 망쳐
도 내일 새롭게 열리는 경기를 맞아야 한다. 첫 타석 처참하게 3구
삼진을 당해도 다음 타석 똑같은 투수를 다시 상대하거나 더 까다
로운 투수를 만나 원하는 결과를 내야 한다. '저 요즘 타격감이 좀
안 맞는데 시간 좀 주세요.' 같은 얘기는 말도 안 되는 사치다. 잠
시 자리를 비우면 언제고 경쟁자가 비집고 들어올 수 있다. 최악의
경우 내 자리를 잃게 된다.

타격에는 리듬이 있다는 게 야구계 정설이다. 잘 맞는 때가 있
으면 안 맞는 때도 있는 법. 그 안 맞는 때가 절대 올 리 없다고 믿
는 사람은 없다. 누구나 온다는 뜻이다. 단, 오더라도 최대한 빠르
게 그 시기를 넘겨야 한다. 상승 리듬은 길게, 하락 리듬은 짧게.

30 강자의 조건이다. 리그에서 가장 잘 치는 타자로 성장한 이정후에게도 '안 맞는 시기'는 있게 마련이다.

타석에선 무엇과 싸운다는 생각을 가장 많이 하나요?

상대 투수랑 싸워야죠.

언제나 그렇습니까?

타격감이 좋을 때는 스스로에 대해 아무 생각이 없어요. 그냥 상대 투수가 빨리 던졌으면 좋겠다는 생각만 들죠. 빨리 치고 싶으니까요. 그런데 잘 맞지 않을 때는 나 자신과 싸워요. 문제는 그때 혼자서 생각을 하다가 타석이 끝나버리는 경우가 있어요. 야구선수라면 누구든 이런 시기가 매년 한 번 이상은 올 거예요. 공이 날아오고 있는데도 생각 정리가 되지 않는 거죠. 공이 보이면 반응을 해야 하는데 반응이 되지 않아요. 그러니 계속 안 맞는 거예요.

너무 많은 생각이 도리어 상황을 복잡하게 만드는 경우가 있다. 하물며 가위바위보와 같은 단순한 대결에서도 지나친 심리전을 펼치다 오히려 내가 '말리는' 경우, 살면서 누구나 한 번쯤 경험해보지 않나. 어려운 상황 자체만으로도 힘겨운데, 혼자서 골머리 앓다 다가온 기회까지 놓쳐버리면 그 안타까움은 배가 된다. 헤어나기가 더 어려워진다.

누구나 주춤할 때는 있고, 못하면 당연히 아쉽다. 모든 면에서 완성형 선수라는 평가를 받는 이정후도 타격감이 좋지 않을 때 타석에서 답답함을 드러내기도 하고, 수비에서 아쉬운 플레이로 자책하는 모습을 보일 때가 있다. 하지만 금세 잊는다. 타격감이 안 좋을 때는 수비에 집중해보거나 장타를 생각하지 않고 정확도를 높이는 타격에 더 신경을 써보는 거다. 같은 날 같은 공간에서 벌어지는 같은 경기이지만 구분해 생각한다. 앞서 바라본 대로 야구장 안과 밖을 나누어 생각하듯 새로 임해야 하는 또 다른 상황에 집중하는 것으로 앞선 후회나 미련을 날려버린다.

여기에 그만의 리셋 비결에서 또 하나 주목할 만한 점. 바로 어려운 상황일수록 그 상황을 극복했다고 평가할 만한 기준을 달리 설정하는 것이다. 과정의 중요성을 무시할 순 없지만 치열한 승부의 세계에선 결국 결과가 더 강조되는 게 사실이다. 하지만 그렇다고 타자에게 '안타'만이 꼭 의미 있는 결과인 것은 아니다. 타격감이 좋지 않은 시기에 어떻게든 안타를 치려는 노력보다 다른 데서 돌파구를 찾으며 시간을 벌 수 있다.

적극적인 타격보다 신중한 선구안으로 볼넷 출루를 노릴 수도 있고, 팀이 원하는 결과를 위해 주자를 한 베이스 진루시키거나 불러들이는 희생타로 보탬이 될 수도 있다. 이런 결과들이 모이면 그의 말대로 다섯 타석에 들어서서 안타를 하나도 치지 못했더라

도 5타수 무안타가 되는 건 아니다. 더불어   33
부진하고 침묵한 하루도 아닌 게 되는 것이
다. 안타를 치지 못했지만, 팀에 도움이 되
었기에 그의 하루는 유의미하다. 안타를 치
지 못한 기억보다 타점을 올리거나 득점을
기록한 순간을 더 깊게 새기며 어려운 순간
을 이겨낸다. (야구에서 타격 성적을 백분율로 나
타낸 지표인 타율을 계산하는 방법은 안타 나누기 타
수다. 타석과 타수는 다른데, 타석은 말 그대로 타자
가 타격을 하기 위해 들어간 횟수를 통틀어 말하고,
타수는 타자가 정규로 타격을 완료한 횟수만을 의미
한다. 이에 따라 타격을 완료하지 못했다는 의미로 사
사구-희생타-타격 방해 등은 타수에 포함되지 않는
다.)

**이정후 선수랑 이야기를 나누면 결국 다 긍정,
만족으로 이어진다는 느낌을 받습니다.**
만족이요?
…?
저는 한 번도 만족해본 적이 없어요. 오늘 잘해

도 내일이 생각나요.

오늘 하루 스스로가 정말 잘한 날도 있지 않습니까? 예를 들면 끝내기 홈런이라고 해보죠. 그야말로 나의 결정적인 타격으로 승리를 거뒀을 때는 어떤 생각이 드나요?

그대로 끝난 거죠. 내일이 있잖아요. 내일 내가 부진할 수도 있는 것이고요.

'리셋'이 꼭 좋지 않은 상황에만 적용되는 건 아니다. 잘했던 하루를 소중하게 간직하고 나의 활약을 칭찬하는 것도 중요하지만 지나치게 도취하거나 들떠 있는 것도 그는 경계한다. 그렇다고 자신의 성과를 저평가하거나 그저 그렇게 치부하는 게 아니다. 다만 잘한 건 그날까지만 충분히 누리고 즐기고, 다시 새로운 하루를 준비하는 것이다. 오늘의 실적이 내일을 느슨하게 준비해도 된다는 정당성을 부여하지 않는다. '못했어도 오늘 하루쯤은 괜찮다'고 넘겨버리는 하루가 모이면 감당할 수 없는 크기가 될지도 모른다.

잘하든 못하든. 적어도 시즌이 종료되는 시점까지는 조금은 각박하리만큼 언제나 평정심을 유지해야만 하는 이유. 야구선수들은 매 순간의 성적표를 받아들여야 하는 숙명을 가졌기 때문이지 않을까. 그리고 그 성적은 오롯이 자신의 가치를 증명한다. 한 치의 오차도 없이 선두부터 꼴등까지 나열되는 순위표. 할푼리에 모까지 따져가며 매일매일 업데이트되는 나의 등수가 만천하에 공개된다. 타석에 두둥 서는 순간, 그동안 나를 잘 몰랐던 관중들도 전광판에 혹은 중계화면 자막에 친절하게 적힌 숫자들로 나를 평가한다. '오~ 저 선수가 홈런 1위야? 기대되는데?' '에이~ 1할 타자잖아. 이번 찬스는 글렀네.'

그뿐인가. 그날 나의 성적까지 전광판에 떡하니 적혀 있다. 안 보려 해도 보인다. 3번타자 오효주 삼진-삼진-삼진… 선발투수 오효주 2이닝 5실점… 하지만 무너져선 안 된다. 흔들려서도 안 된다. 여기서 이겨내지 못하면 그 순간 빠져버린 악의 고리에서 언제 빠져나올지 장담할 수 없다.

반대로 잘할 때도 주의가 필요하다. 평소보다 페이스가 빠르게 올라온다. 관중들의 함성이 남다르게 들려온다. 그 컨디션에 맞춰 무리하게 감을 끌어 올리다 144경기를 치르는 장기 레이스를 그르치기도 하고, 무조건 내가 해결해내야 한다는 책임감이 더 좋지 않은 결과를 초래하기도 한다. 그렇게 잃어버린 리듬을 되찾는 건 처음 새로 만들어가는 것보다 더 어려울 수 있다.

사소한 한순간이 시즌 전체를 망치기도 한다. 그래서 그가 평정심을 유지하기 위해 선택한 방법은 잘 잊고 지우는 것이다. 못한 기억도, 잘한 기억도. 잘 잊기에 미련이 크게 남지 않고, 후회를 줄이며 마주한 오늘에, 다가올 내일에 집중할 수 있다.

가장 후회하는 일, 또는 후회하는 때가 있습니까?

그런 게 없어요. 왜냐하면 그 상황에서 그게 최선이었을 것 같아요.

후회해봤자 이미 저질러졌고, 이미 끝난 상황이잖아요.

그렇다면 어떤 상황에 후회할 것 같습니까?

자신 있게 하지 못하고 머뭇거릴 때.

돌아보면 매 순간이 어떻게 후회가 없고 아쉽지 않겠나. 여기서 중요한 대목은 '지금' 나의 마음이다. 지나간 후회나 돌이킬 수 없는 아쉬움이 지금은 지워지고 사라진 상태. 여기에 집중하는 자세가 더 나은 다음을 만든다.

후회의 사전적 의미를 찾아보면 '이전의 잘못을 깨치고 뉘우침'이라고 나온다. 이정후의 언어로 후회한 적이 없다는 건 실수 자체를 하지 않았다는 게 아니라. 스스로가 충분히 그 상황을 깨닫고 배웠기에 내 속에 남아있는 아쉬움이나 미련의 응어리가 없다는 뜻이 아닐까?

03

동기부여
마음의 중심: 부진이 곧 슬럼프는 아니다

**2021시즌 초반 타격 부진이 길어졌던 시기가
팬들이 느꼈던 이정후의 첫 슬럼프가 아닌가 싶습니다.
늘 잘하기만 하다가 처음으로 마주한 부진을
어떻게 극복해낼지 궁금해했던 기억이 납니다**

그땐 슬럼프가 아니라 시련이라고 하는 게 맞을 것 같네요.
홈런 때문이라는 원인이 있었고 제가 알고 있었으니까요.
이유도 모르고 힘들어하는 슬럼프와는 다르죠.
낮은 타율이었지만 이건 내 성적이 아니고,
결국엔 올라갈 거라는 자신감과 확신이 있었습니다.

야구선수 역시 그 직업을 내려놓을 때까지 매 순간이 치열한 전쟁이다. 처음엔 생존을 위해, 다음은 1군 진입을 위해, 주전 자리를 위해, 그리고 팀을 넘어 리그를 대표하는 정상급 선수가 되기 위해. 하나씩 목표를 돌파해나간다. 그렇게 어느 정도 반열에 오르면 이제는 그 자리를 지켜내기 위한 사투를 펼쳐야 한다.

여기서 중요한 건 도전을 위한 전쟁이든 수성을 위한 전쟁이든 매일 똑같이 반복되는 일상을 견디고 버텨야 한다는 것이다. 위치를 막론하고 더 잘 치고, 더 잘 던지고, 더 잘 잡기 위한 기본적인 훈련은 정해져 있다. 그 일상적인 나날을 더 의미 있게 보내기 위해서, 그리고 한 단계 더 올라서기 위해서는 자신만의 전략이 필요하다. 내가 더 오래, 잘 살아남기 위한 특별한 전략. 그리고 그 전략이 확실한 힘을 가지려면 나만의 동기가 뚜렷해야 한다.

시키는 대로만 해도 기본 이상은 하는 때도 있다. 그러나 그런 시기는 일생 속에 그리 많지 않고 길지도 않다. 때로는 고심 끝에 세운 전략이 틀릴 수도 있다. 하지만 무엇이 잘못됐는지 몸소 느낀 사람은 실패 속에서도 많은 걸 얻을 수 있다. 문제는 시키는 대로 했는데 위기를 맞은 경우다. 해오던 대로 했는데 결과는 해오던 것에 미치지 못한다. 시킨 건 남이기 때문에 나는 문제의 원인을 알기 어렵다. 그러니 회복 가능한 문제일지도 잘 가늠이 되지 않는다. 마음의 여유가 사라진다. 그렇게 슬럼프가 시작된다.

그래서 자신만의 동기가 약한 사람은 위기가 찾아왔을 때 갈피를 잃고 쉽게 무너질 수 있다. 타성에 의한 움직임에는 한계가 있다. 자신만의 동력이 필요한 이유다. 그래서 부진하던 시기에 명확한 원인이 있었고, 그 원인을 알고 있었던 이정후의 한 마디는 의미가 있다.

제가 2020시즌에 홈런 15개를 기록했어요. 그 시즌을 앞두고 장타를 늘리기 위해 특별히 변화를 준 게 아니었는데도 홈런 페이스가 정말 좋았습니다. 그런데 8월부터 홈런 페이스가 뚝 떨어지더니 9월 3일에 마지막으로 홈런 하나를 딱 치고 시즌 끝날 때까지 홈런이 없었어요. 그래도 홈런 커리어하이 기록이었고, 처음으로 두 자릿수 홈런을 달성한 시즌이었던 만큼, 그 홈런의 느낌을 알고 나니까 더 많이 치고 싶어지더라고요. 2020시즌에 15홈런을 쳤으니까 2021시즌엔 20홈런을 쳐봐야겠다는 목표로 스프링캠프에서부터 준비를 했죠.

구체적인 목표를 세웠는데 결과는…

2021시즌 초반에 제대로 망한 거예요. 홈런도 못 치는데 안타도 못 쳤어요. 안 되겠다 싶었죠. 겨울 동안 준비를 했지만, 갑자기 홈런이 늘어날 순 없었던 거예요. 맞지 않은 옷을 억지로 입으려 했던 거죠. 그러니 못 치는 건 당연한 결과였던 것 같아요. 준비를 잘못한 거라

고 빠르게 인정하고. 5월부터 목표를 수정해 나갔죠. 옛날로 돌아가 야 한다. 장타보단 정교한 타격을 하던 나만의 장점을 살려야 한다. 저에게 맞는 전략으로 수정을 하면서 다시 타율이 쭉 올랐고 그 시 즌 타격왕을 차지했어요.

그 과정을 통해 뭘 느꼈습니까?

저는 의식적으로 홈런을 치려고 하면 안 되는 사람이었어요. 2020시즌 그 홈런 페이스를 의식하면서부터 홈런이 나오지 않았고, 2021시즌도 캠프 때부터 신경을 쓰니 결과도 나오지 않은 거죠. 홈 런 페이스가 좋았던 때를 떠올려보면 저는 평소와 똑같이 쳤는데 타구가 평소보다 더 멀리 날아가서 홈런이 된 거였어요. 그렇게 마 음을 바꾸니까 홈런이 나오지 않아도 딱히 심리적 동요가 없고, 마 음 편히 제 장점에 집중하다 보니 자연스럽게 그때부턴 오히려 홈 런도 늘어나더라고요.

해결책을 금방 찾아낼 수 있었기에 회복도 빨랐다. 무너지지 않았기에 결국엔 제 자리를 찾을 수 있었다. 이게 가능했던 건 '기 준'이 있었기 때문이다. 나에게 가장 잘 어울리는 건 정교한 타격 이라는 확고한 중심, 그런 내 장점을 살려야 다른 장점도 나온다는 확실한 전략. 자신만의 동기가 명확했기에 잠깐의 시행착오를 '잘 못된 준비'라고 쿨하게 인정할 수도 있지 않았을까. 결과가 어찌

44 됐건 시도나 도전은 그 자체만으로 충분히 의미가 있다고 할 수 있으니 말이다.

그래서 이정후는 그 시기를 슬럼프라고 떠올리지 않는다. 스트레스가 아예 없었다면 기짓말이겠지만, 그만의 마음의 중심은 힘든 순간을 견디게 하는 버팀목이 됐고, 그 마음 덕에 실패 속에서도 교훈을 얻을 수 있었다.

메이저리그 진출 도전에 대한 공식 발표가 난 이후에 기사가 하나 났더라고요. 제가 그동안 KBO리그에서 외국인 좌투수 공략에 어려움이 있었는데, 이 약점을 메이저리그에서 극복할 수 있을까 하는 내용이었죠. 솔직히 어떻게 모든 공을 다 치겠어요. 다만 저도 더 잘하기 위해 노력하는 거죠. 지금도 개인적으로 변화를 주려고 연습하고 있는 게 따로 있어요.

힌트를 주신다면요?

간결하게, 많이 바꾸고 있어요.

지금까지도 복잡한 타격폼은 아니지 않았습니까?

더 간결하게. 한번 시도해보고 있어요. 일단 성적이 좋든 안 좋든 그 이후의 것들도 생각해야 하거든요. 그러려면 변화가 필요하다는 생각이 들어서 한번 해보고 있어요.

변화가 필요하다…?

빠른 공에 대한 대처나 준비가 필요하다고 느꼈죠.

변화를 줬다가 혹여나 장점이 사라질까 두렵지는 않습니까?

그래서 큰 틀은 벗어나지 않으려고 해요. 안 맞으면 다시 돌아오면
되는 거니까. 크게 걱정은 되지 않습니다.

2021시즌을 앞두고 새로운 준비를 하다가 실패를 맛본 이정
후는 또 다른 변화를 준비한다. 하던 대로만 해도 충분히 매력적
인, 아니 그렇다 못해 여전히 정상급 타격 기술을 가진 그가 또 한
번의 변화를 시도하는 이유는 단순하다. 더 잘하기 위해서. 그러나
앞서 언급한 대로 그는 잠깐의 실패를 경험했다. 그럼에도 두려움
이 없을 수 있는 이유는 그때와 마찬가지다. 다시 돌아올 수 있는
'중심'이 있으니까.

일련의 부정적인 결과들이 지금 어떻게 작용했다고 봅니까?

약이 됐죠.

나의 마음가짐에 따라 부정적인 일도 삶의 교훈이 될 수 있다
는 사실을 한 번 더 배운다. 그리고 시련과 슬럼프는 엄연히 다른
말이라는 걸 이정후를 통해 새롭게 배운다.

생각처럼 살아가나요, 살면서 생각하나요?

살면서 생각하죠.

무슨 일이 일어날지 모르니까요.

기본적인 중심은 잡고 있되 살면서 조금씩 생각을 바꿔 나가기도 합니다.

• • •

앞선 6년의 프로 생활을 보면 이정후는 세상을 마음대로 살아가는 것만 같았다. 이걸 하고 싶으면 이걸 해내고, 저걸 하고 싶으면 저걸 해내는, 요즘 표현으로 '사기 캐릭터'와 같은 느낌이었다고 해야 할까? 그러면서도 그와 이야기를 나누어 보면 그의 성과 안에는 다 계획이 있었다.

그래서 궁금해졌다. 순간이 모여 완성되어 가는 그의 커리어는 의도대로 만든 것일까, 아니면 우연과 필연이 모여 만들어진 것일까. 큰 그림에선 생각하면서, 작은 그림에선 흘러가는 대로 살아가는 게 답이었다.

그럴 만도 하다. 부상, 그리고 부진은 운동선수에게 예상할 수 없는 변수다. 동시에 선수 생활 중에 한 번 이상 마주하게 되는 상수이기도 하다. 이를 최소화하기 위해 늘 애쓰지만, 부상과 부진이라는 건 어느 순간에 어떻게 다가올지 예상도, 가늠도 어렵다. 게다가 이 변수이자 상수는 선수 생활 그 자체에 커다란 타격을 준다. 이러한 이유로 계획의 중요성은 언제나 강조되지만, 때로는 그 과정이 무의미하게 느껴지게 만들기도 한다.

그동안 선수 생활을 하면서 중요했던 순간 예상치 못했던 부상을 당했던 적도 있고, 전혀 예기치 못했던 부진으로 고전했던 적도 있었다. 하지만 그 '무의미함'을 2023년처럼 크게 느꼈던 순간이 이전에 또 있었을까. 가장 극심했던 부진, 그리고 가장 심각했던 부상. 가능하면 없었으면 하는 이 모든 게, 그것도 가장 크게, 가장 중요한 시기에 찾아왔다.

이럴 때 중요성이 더 커지는 것이 그의 유연함이다. 이런 최악의 상황이 다가올지 전혀 알지 못했다. 생각처럼 살아지지 않는 것 역시 우리의 삶이다. 잘될 때는 나름의 뚝심이 유효했지만 상황이 달라졌다면 그에 걸맞게 생각도 바뀌어야 한다. 그럼에도 살아내기 위해서.

사실 야구가 잘되지 않을 때는 어떤 말을 들어도 소용없다고 생각했습니다. 그런데 주변에서 좋은 말씀을 많이 해주셨고, 그 덕분에 다시 일어설 수 있었던 것 같습니다.

소용없다고 생각했지만 이런 순간엔 소용없는 것이 아니었다. 새로운 상황을 마주하면서, 생각을 바꿔나간다. 이런 순간이 모여 어떤 상황도 이겨낼 수 있는 그만의 노하우가 쌓여 간다. 이겨내는 방법을 터득해 가면서 그렇게 그는 점점 더 강해진다.

04

이기는 방법

시즌 후반부가 되면 매 경기에서 타율 1위가 바뀌거나,
1리 또는 몇 모 차이로 타율 순위가 나뉘는 치열한 상황이 벌어질 때가 있습니다.

제가 타격왕을 차지한 두 시즌 모두 그랬죠.
2021시즌엔 전준우 선배님, 강백호 선수와 경쟁을 했고요.
2022시즌엔 이대호 선배님 그리고 피렐라 선수가 있었어요.

그런 타격왕 경쟁을 할 때, 매일 또는 매 타석 경쟁자들이 신경 쓰이진 않습니까?

신경 쓰이죠. 그런데 경기에 막상 들어가면 생각이 안 나요.
지키려면 어쨌든 제가 안타를 쳐야 하거든요.
타이틀을 두고 경쟁하는 선수들이 못 치길 바라면 안 돼요.
단순한 거죠. 내가 쳐야 지킬 수 있고, 내가 쳐야 넘을 수 있어요.
제가 일단 치면 경쟁자들이 잘 치든 못 치든 상관없는 거예요.

경쟁을 할 때 상대를 지나치게 의식하게 되는 경우가 있다. 그
러다 보면 목표가 조금씩 다른, 아니 이상한 방향을 향하게 된다.
내가 잘하고자 하는 노력보다 남이 못했으면 하는 바람을 더 생각
하게 되는 것. 그런 경우 내가 통제할 수 없는 남의 움직임이 내 바
람과 다르면 그때부터 그에 더 신경이 쏠려 조금씩 내 리듬이 흐
트러진다. 나에게 집중하지 못하고 남의 상황을 쫓게 된다. 그렇게
내가 그려야 하는 큰 그림을 잃고 일희일비하다 그에 따른 피해는
내가 떠안는다. 그 대결의 패배자는 결국 내가 된다.

　주체는 나 자신이 되어야 하는 이유다. 경쟁, 또는 경쟁상대는
내가 원하는 성과를 위한 하나의 추진제에 불과해야 한다. 경쟁 그
자체에만 의미를 두기보다 좋은 자극제로 삼으며 나의 한계를 뛰
어넘고, 내가 원하는 목적지를 향해 가야 한다. 선의의 경쟁을 이
어가면서도 내가 그린 방향을 향해 나만의 속도로 나아가는 것. 최
종목표에 도달할 때까지 흔들리지 않고, 지치지 않기 위해서는 나
만의 중심이 가장 중요하다.

　내가 최선을 다한 결과는 얼마든지 받아들일 수 있다. 후회 없
이 할 만큼 했다고 자부하는 사람은 경쟁에서 지더라도 나보다 남
이 더 잘한 걸 기꺼이 인정할 수 있다. 그리고 그 속에서 또 다른
교훈이나 동기부여를 찾고 긍정적인 승부욕으로 연결하기도 한다.
한편으로 나의 노력이 원하는 결과로 이어졌을 땐 충분히 나의 과

정에 의미를 부여하고 스스로를 격려할 수 있으며 그것은 또 새로운 추진력으로 이어지게 된다.

최종 성적표를 받아들 때까지 계속해서 경쟁하는 것은 모두가 마찬가지지만 야구선수들의 경쟁이 상대적으로 특이한 부분 중 하나는 최종 목적지로 가는 과정 속의 모든 결과가 곧바로 나온다는 것, 그리고 그 결과를 모두가 볼 수 있다는 것이다. 나도, 그리고 경쟁상대도 말이다. 신경이 쓰이지 않을 수는 없다. 하지만 그럴수록 이정후는 나에게 집중하는 방식으로 그 상황을 이겨낸다. 경쟁자가 안타를 치지 못하길 바라며 자신의 자리를 유지하려 하지 않고, 경쟁자보다 하나 더 칠 생각으로 상대를 뛰어넘으려고 하지도 않는다. 목표의 기준을 상대에게 두지 않고 나에게 두는 방식. 그러니까 내가 할 수 있는 최선의 노력으로 경쟁에 임한다.

경쟁상대가 없다면 집중도가 다소 떨어질 수도 있다. 지켜내기 위한, 또는 넘어서기 위한 힘은 상호 긍정적인 경쟁에서 나오기 마련이다. 그래서 좋은 경쟁, 그리고 좋은 경쟁의식은 필요하다. 반드시 이겨야만 하는, 그저 대결 상대만으로 삼는 맹목적인 '적'의 의미가 아니다.

이정후가 라이벌로 생각하는 존재가 있을까요?

저 자신이요. 정확히는, 지난날의 나라고 할 수 있겠네요. 지난날의

나보다 더 잘해야 하고 잘하고 싶으니까요. 저는 그냥 야구가 좋아
서 하는 사람이거든요. 그래서 누군가를 목표로, 어떤 선수를 이겨
야겠다고 생각해본 적은 없는 것 같아요. 오로지 저 자신에게 지지
않으려고 해요. 사실 하다 보면 힘든 날도 있고, 하기 싫은 날도 온

단 말이에요. 이 정도면 됐다고 타협하고 싶은 날도 있죠. 그런 날

스스로와의 싸움에서 이겨낼 수 있어야 해요. 제가 아마추어라면,

하기 싫으면 안 해도 되지만 프로잖아요. 프로라면 진짜 하기 싫은

날에도 그 일을 해야 한다고 생각해요.

때마다 다른, 특정 선수라는 경쟁상대는 늘 있기 마련이고 이정후 역시 이 부분을 신경 쓰지 않을 수 없다. 하지만 큰 틀에서 이정후의 경쟁상대는 언제나 자기 자신이다. 이런 자기 확신이 뚜렷하기에 다른 사람과의 경쟁에서도 흐트러지지 않고 중심을 잘 지켜갈 수 있는 게 아닐까. 그렇게 그는 자신이 원하는 방향을 향해 앞으로 나아간다.

야구선수로서 절대 놓치고 싶지 않은 게 있다면 뭐가 있을까요?

제일 욕심이 나는 건 타율이에요. 어렸을 때부터 제 로망은 타격왕이었거든요. 제가 한 번 타격왕을 받는 순간부터 절대 놓치고 싶지 않은 타이틀이 바로 타율 1위가 아닌가 싶어요. 그게 2021시즌 마침내 제 손에 들어왔고, 2022년에도 또 받았어요. 앞으로도 매 시즌 무조건 타격왕을 차지하고 싶어요.

만약 잡지 못했더라면 이 정도의 마음은 아니었을까요?

잡지 못했다면 잡기 위해 노력을 했겠죠. 지키는 게 더 어렵다는 말이 있잖아요. 그 말에 공감해요. 또 다른 많은 선수들이 도전할 것이고, 저는 이제 지켜내야 하는 입장에서 노력을 해야 하는데, 그러려면 제 자신과의 싸움에서 지면 안 된다고 생각해요.

이마저도 확실하다. 이정우는 자신이 가장 잘할 수 있는 걸 가장 중요한 목표로 두고 시즌에 임한다. 선택과 집중. 가장 큰 강점인 '정교한 타격'에 집중을 하다 보면 부가적인 결과물도 따라온다. 그렇게 이정후는 2시즌 연속 타격왕과 함께 2022시즌 타격 5관왕을 차지할 수 있었다. 타율, 최다안타, 그리고 출루율, 장타율, 타점 부문에서 1위. 상대와의 경쟁보다도 자신과의 싸움에서 이겨낸 결과물이다. 모든 면에서 꽤 단순한 마인드 세팅. 이정후가 최고가 되고, 최고의 자리를 지켜가는 비결은 어렵지만 허무하리만큼 단순했다.

매일 매 순간
소득과 의미를 발견하는 것

사실 다른 상황이었더라면 그 실투라는 표현이
맞든 틀리든 크게 신경쓰지 않았을 거예요.
그런데 그날, 그 순간에 제가 친 홈런은
저에게 굉장히 의미 있는 대처였거든요.

막연하게 이정후라는 선수가 궁금하다는 느낌을 넘어서 더 많은 이야기를 나누고 싶다는 생각이 든 결정적인 순간이 있다. 2022년 6월 10일, 광주KIA챔피언스필드에서 열린 키움과 KIA의 경기가 있는 날이었다. 어김없이 3번 타자 중견수로 선발 출전한 그는 홈런 포함 멀티히트 3타점으로 활약하면서 팀의 10 대 6 승리에 중요한 역할을 했다. 그날 현장 인터뷰를 맡은 나는 방송 수훈선수로 선정된 이정후에게 물어보고 싶은 질문을 정리했다.

첫 타석을 삼진으로 시작했다. 야구선수로서 나의 하루의 출발을 알리는 첫 타석. 모두가 안타 내지는 출루를 원하겠지만 당연히 쉬운 일이 아니다. 차선책은 땅볼이나 뜬공. 일단 타구를 그라운드로 보내면 상대 실책이나 주자의 주루 플레이로 새로운 변수를 기대해볼 수도 있다. 그렇지 않더라도 범타로 물러나면서도 당일 타격 컨디션을 확인하고 내 타이밍을 진단할 수도 있을 것이다. 그러나 삼진은 이야기가 다르다. 그라운드로 타구를 보내지도 못한 채 덕아웃으로 돌아오는 씁쓸함. 그리고 투수와의 수 싸움에서 처음부터 지고 들어가는 듯한 찜찜함. 오늘을 위한 나의 준비가 첫 타석부터 통하지 않는 그 불길하고 불안한 느낌은 심리적인 동요로 이어지기도 한다.

게다가 이정후는 리그 전체를 통틀어 삼진을 당하지 않기로 유명한 타자다. 그가 교타자 유형이라는 점을 감안하고 보더라도 이정후의 적은 삼진 비율은 가히 독보적이다. 특히나 2022시즌엔 자신의 한 시즌 최다 홈런 기록이자 리그 홈런 순위 공동 5위에 오르는 23개의 홈런을 때려내고도 적은 삼진 개수로 그의 진가를 더 높였다(대체로 홈런을 많이 치는 타자일수록 삼진도 많이 당한다는 것이 야구계 정설이다).

그런 그가 첫 타석 삼진을 당했다. 그것도 루킹 삼진. 1볼 2스트라이크 상황에 이정후가 느끼기에 다소 높아 보이는 공이 스트라이크 판정을 받았다. 그렇게 삼진 아웃. 스트라이크-볼 판정이야 주심의 권한이라지만 타자 입장에서 평소에 생각하던 스트라이크존과 차이가 느껴진다면 당황스러울 수 있다. 이정후 역시 타석에서 받아들이기 어렵다는 표정을 내비쳤고 덕아웃에 들어가서도 심기가 불편한 모습이었다.

경기는 계속됐고, 2회 말 키움은 2실점 하며 0 대 2로 끌려갔다. 그리고 이어지는 3회 초 키움의 공격 상황. 1아웃 1루 상황에 타석에 들어선 이정후는, 볼카운트 1볼 1스트라이크에서 상대 선발투수의 3구째 변화구를 받아쳐 우측 담장을 시원하게 넘겼다. 동점 투런 홈런. 곧바로 승부를 원점으로 만든 시원한 한방이자 이정후 개인적으로는 6월 들어 처음으로 쏘아 올린 아치였다.

첫 타석에 이정후 선수가 받아들이기 힘들 수도 있는 삼진이 있었는

데요. 이어지는 두 번째 타석에 홈런을 기록했습니다. 그 사이 시간 동안 동요나 영향이 없었습니까?

첫 번째 타석이 끝났을 때는 조금 화가 나기도 했습니다. 하지만 두 번째, 세 번째, 네 번째 타석이 저에게 다시 돌아오는 것이기 때문에 바로 리셋하려고 했어요. 이어지는 두 번째 타석에 들어가서는 첫 타석 삼진이 전혀 기억이 나지 않았습니다. 새로운 타석이고 새로운 상황이니까요. 거기에 맞춰 타격하려고 했습니다.

매일 네다섯 타석씩, 한 시즌 144경기를 치르는 프로야구선수들에게 한 타석의 의미는 어느 정도일까. 장기 레이스를 치르는 와중에 한 타석에 지나치게 연연하는 것도 문제가 되겠지만, 그 한 타석이 나의, 또는 팀의 운명을 결정할 수도 있다고 생각하면 결코 가볍게 생각할 일도 아니다. 그 사이 적당한, 그리고 적절한 마인드컨트롤이 필요하다. 그래서 이정후는 빠르게 잊었다. 출발은 아쉬웠지만 다음 타석까지 망쳐서는 안 되는 일이었다. 빠른 카운트에, 보란 듯이, 원하는 스윙으로. 홈런을 만들어냈다.

홈런 친 타석을 자세히 들여다보면 슬라이더 하나 커트하고, 또 하나 던진 슬라이더 실투를 잘 노려쳐 홈런을 만들었습니다. 그 상황을 더 자세히 직접 들어볼 수 있을까요?

60 실투라기보다는 좋은 코스에 잘 들어온 공을 제가 잘 쳤다고 생각합니다. 파울이 났을 때는 제가 가지고 있는 리듬으로 타격을 하지 못했고, 홈런이 됐을 때는 내가 원하는 대로 준비를 했기 때문에 좋은 타구가 나온 것 같습니다.

'실투'라는 나의 실언. 선선한 날씨였지만 등줄기에 땀이 쭉 하고 흐르는 순간이었다. 구종 같은 사실만 얘기해도 됐을 것을 나는 왜 굳이 실투라는 사족을 덧붙여 이런 민망한 상황을 만들었을까. 다행히 나의 실수마저도 아주 자연스럽고 점잖게 정정해준 덕에 이어지는 인터뷰를 무사히 마칠 수 있었지만 짧은 시간 속에 오만가지 생각과 자책이 머릿속을 가득 채웠다. 그러던 와중에 잘못된 표현은 확실하게 짚고 넘어가는 이정후의 당당함 속에서 문득 신인 시절 자신의 활약도 운이라고 말했던 그 시절의 이정후가 스쳐 지나갔다.

신인 시절 이정후는 조심스레 겸손했고, 2022시즌 이정후는 당당하게 겸손했다. 이제는 조금 더 자신 있게 본인이 하고자 하는 말을 분명하게 전할 줄 아는 그의 '변화'가 느껴졌다. 그리고 이 변화는 분명 또 다른 의미가 있을 것 같았다. 시간이 흐르고 그날의 기억을 떠올리며 이야기를 나눴다.

제가 실수한 얘기를 하나 해야겠습니다. 2022 시즌 6월, 광주 KIA 전
이었어요. 이정후 선수가 수훈선수로 선정돼 경기 후 방송 인터뷰를
했는데요. 그날 홈런에 대한 질문을 하면서 제가 상대 실투를 잘 노렸
다고 물었습니다.
맞아요. 기억나요.

놀라지 않을 수 없었다. 셀 수 없이 많은 인터뷰를 했을 그가
그 하루를 기억하고 있다니.

이정후 선수는 상대 투수의 실수가 아니라, 잘 던진 공을 내가 잘 친
거라고 답했죠. 사실을 바로잡은 것이지만, 개인적으로는 과거 운이
좋았다고 말하던 이정후가 이렇게 달라졌음을 느낀 대목이었거든요.
저희는 타격을 마치고 수비까지 하고 이닝 종료 후 돌아오면 트랙
맨 시스템을 통해서 투수가 어떤 공을 어떻게 던졌는지 다 확인할
수 있거든요. 그때 분석표 상으로 봤을 때 정말 잘 들어온 코스였어
요. 스트라이크존에서 몸쪽 선상으로 완벽하게 들어온 공을 받아쳐
서 제가 홈런을 만든 거예요. 그게 제 초창기에 약점으로 지적됐던
코스였거든요. 그 코스로 들어오면 거의 무조건 아웃이 됐는데 조
금씩 성장하면서 그 코스로 들어오는 공으로 홈런까지 만들 수 있
게 된 거예요.

선수 개인에게 내용 면에서 큰 의미가 있는 홈런이었던 거군요.

그렇죠.

그 당시에는 제가 몰랐지만 나에게 의미 있고 간직해야 하는 부분은 확실하게 짚고 넘어간다고 해야 할까요. 그런 부분이 엄청난 자신감으로 느껴졌고, 그래서 더 의미가 있지 않을까 생각을 했거든요.

맞아요. 제 약점을 극복하고 처음으로 그렇게 들어온 코스를 넘겨서 홈런을 만든 거니까요.

이정후는 신기하리만큼 그의 모든 경기를, 그리고 찰나의 순간을 모두 기억했다. 특히 잘한 날만큼은 그 상황과 하루를 더 구체적으로 기억해냈다. 정신없이 흘러가는 하루 속에서도 의미와 소득을 찾아내는 그만의 긍정적인 '습관'은 좋은 멘탈로도 이어지는 법이었다.

가만 보면 내가 못한 것보다 잘한 것들을 더 많이 기억하고 깊이 새기는 것 같다는 느낌인데요. 그게 좋은 멘탈을 유지하는 비결 같아 보이기도 하고요.

맞아요. 맞아요. 잘했을 때는 제가 한 걸 꼭 다시 봐요. 반대로 제가 못한 건 잘 기억도 안 나요. 아예 안 보죠. 못한 걸 왜 봐요.

볼 수도 있지 않나요? 다음엔 그러지 말자는 의미로…

아, 그게 틀린 건 아니지만 그래도 저는 잘한 것만 봐야 평소에도 잘 했을 때의 제 모습이 나온다고 생각해요. 그래서 더 의식적으로 제 가 잘한 걸 떠올리려고 하는 거죠. 좋은 생각을 하려면 좋은 걸 봐야 한다고도 하잖아요. 좋지 않은 걸 보고 좋은 생각을 하는 건 힘드니 까요.

그러면서도 이정후는 분야의 특수성이 있을 수 있겠다는 말 을 덧붙였다. 야구선수는 잘했다고 평가받을 만한 기준이 객관적 이고 기록으로 명확하게 나오기 때문에 '잘한 기억'을 확실히 규 정하고 그것만 떠올릴 수 있지만 그렇지 않은 경우라면 조금 다를 수도 있겠다고. 하지만 긍정적인 생각이 일을 그르치게 할 리 없다 는 건 모두가 아는 사실일 것이다. 이왕이면 좋은 기억, 이왕이면 좋은 생각. 이것만으로도 모두의 하루가 조금씩은 긍정적인 방향 으로 달라질 수 있지 않을까.

특별했던 2022년 6월 10일의 기억. 그날 이정후의 매력을 가 장 고조시켰던 백미 중의 백미는 마지막 질문에 대한 답변이었다. 나는 소위 말해 '오그라드는' 질문을 대담히 감행했다. 진심으로 궁금했다. 이정후가 보여줄 수 있는 야구선수로서의 매력의 끝은 어딘지. 등장부터 강렬했고, 신인 첫해부터 정말 많은 걸 보여줬 다. 이후 짧은 시간 안에 자신의 한계를 넘어 리그를 평정해나가는 그는 이 정도면 충분하다는 말은 그에게 존재하지 않는다는 듯 새로운 무언가를 계속해서 보여줬다.

처음부터 야구를 잘했고요, 이후에는 팬서비스에 인성, 그리고 리더십. 이정후 선수를 채우는 좋은 '툴Tool'들이 하나하나 계속 나오는 것 같아요. 다 보여준 것 같은데 더 보여줄 게 또 나온다는 점이 저는 신기합니다. 혹시 더 있습니까?

일단 저는 야구를 더 잘하고 싶다는 마음이 가장 크고요. 야구로 인해서 저를 좋아하는 많은 사람들에게 희망과 기쁨을 안겨 드릴 수 있는 사람이 되고 싶어요. 그분들에게 그런 행복을 안겨드리면 저도 그로 인해 얻는 행복이 크기 때문에 저에게도 좋은 부분이고요.

말 그대로 우문현답. 엉뚱한 내 질문에 이렇게 멋진 답변을 남기며 인터뷰를 마친 그날을 '이정후. 그 자체였던 하루' 이렇게 정리하고 싶다. 아쉬운 순간은 빠르게 털어내는 그만의 리셋Reset. 의미 있는 소득은 확실하게 남기고 새길 줄 아는 마인드 컨트롤Mind Control. 이를 꾸준함으로 연결하는 긍정적인 사고Positive Thinking. 그리고 이 모든 게 모여 책임감을 키우고 모두가 만족할 만한 결과를 마침내 만들어내는 시너지Synergy.

매일, 매 순간의 소득을 발견하고 기억하는 사람은 나 스스로

여야 하는 것이었다. 그렇게 자신감을 키우는 주체 역시 나 자신이
어야 한다. 좋은 생각으로 내 안의 힘을 키우고, 원하는 성과를 만
들어내는 능력. 그리고 이를 꾸준하게 이어갈 동력까지 모두 내가
만드는 것이었다. 다시 이정후의 한마디를 새겨본다.

잘한 날에는 제가 했던 걸 꼭 다시 봐요. 그러다 보면 자신감도 생기
고, 좋은 생각을 하면서 긍정적으로 내일을 준비하고 다짐할 수 있
게 되거든요.

68

만약 내가 그리는 최고의 상상까지 다 이루고 나면 어떨 것 같습니까?

그때가 되면 거기에 맞춰서 또 새로운 목표를 설정하지 않을까요?

만족의 단계는 언제 나타날까요?

선수 생활이 끝나기 전까지 절대 만족을 할 수 없을 것 같고, 하면 안 된다고

생각해요. 만족하는 순간 끝이라는 걸 알기 때문에, 이 정도면 만족이라는 건

없어요. 10할 타자가 되지 않는 이상 무조건 실패는 한 거잖아요.

• • •

그가 직접 표현하기를 자신은 타고나게 단순한 성향을 지니고 있어 웬만하면

안 좋은 일이 있어도 그렇게 오래 앓지는 않는 편이라고 했다. 그런 선천적인

성격이 언제나 좋은 생각을 떠올리는 데 상대적으로 더 도움이 된다는 것도

무시할 수는 없다. 하지만 그를 조금 더 들여다보면 그만큼이나 실패에 엄격

한 사람도 없다. 실패 속에 스트레스도 크게 받고 그래서 만족을 느끼지 못한

다. 만족을 모르는 사람의 삶이 얼마나 숨 막힐지 새삼 생각해 본다. 이만큼 했

는데도 또 다른 목표가 눈에 들어온다. 게다가 야구는 '실패의 스포츠'라 불릴

만큼 아무리 잘한다는 선수라도 성공보다 더 많은 실패를 마주하는 것이 숙명

이다. 그러니 더 얼마나 힘든 삶인가? 하지만 고난의 순간, 좌절 대신 에너지로

삶을 채운다. 다시 말하면 실패가 도약의 발판이 되는 것이다. 그렇게 극복이

든 재기든, 새로운 목표를 떠올린다. 그가 중요하게 생각하는 동기부여를 잃지

않는 비법이기도 하다.

이루고 싶은 목표가 있는 자는 그 시간이 힘겨울 수는 있으나 단 한 순간도 무

의미하지 않다. 어떤 경험 안에서도 의미를 찾아 더 높은 곳에 올랐던 그이기

에, 실패를 마주하더라도 걱정보다 기대가 크다. 물론 그 순간은 힘겹겠지만.

외부 시선을 대하는 태도

한국 프로스포츠에서 여성 감독 최초로 통합우승을 달성한
박미희 KBS N SPORTS 배구 해설위원이
과거 감독직을 내려놓으며 남긴 이 한마디가 떠올랐다.
"더 소중한 것은 남들이 알아주는 걸 떠나, 내가 그 긴 시간 동안
어떤 생각으로 얼마나 많은 열정을 쏟았는가였다."
종목도, 연차도, 위치도 확연히 다른 두 사람이지만
본인이 정의한 성공의 길로 가는 방법은 같았다.

70 　　프롤로그에서 언급한 대로 이 책을 처음 쓰기 시작했을 때 주변에서 나에게 가장 많이 전한 이야기 중 하나는 '늘 잘하기만 해 온 선수의 이야기로 책 한 권이 나올 수 있겠나' 하는 우려였다. 하지만 세상이 많이 달라져서, 아프니까 청춘이라기보다 이왕이면 아프지 않을수록 좋은 게 청춘이라고도 한다. 그러나 여전히 보통의 사람들은 소위 말하는 '아픈 청춘'을 경험하기에, 나와 같이 아파본 사람이 그 시련을 이겨낸 이야기에 더 귀를 기울이기도 한다.

　　우리가 지금까지 봐 온 이정후는 말 그대로 늘 상승곡선이었다. 그의 모든 순간을 다 기억하며 마음까지 들여다볼 수 없기에 쉽게 할 수 있는 말이겠지만, 겉으로 보이는 이정후는 언제나 잘하기만 했다. 바라보는 사람은 그런 이정후가 부럽겠지만, 정작 본인은 그 시선이 어떻게 느껴질까.

굴곡이 없다는 주변의 평가에 대해 어떻게 생각하십니까?

실패하지 않기 위해서 두 배, 세 배 더 노력했어요.

사실 굴곡이 꼭 있어야 하는 건 아닙니다.

그렇죠. 솔직히 계속 잘하기만 하면 좋은 거잖아요. 사람이니까 시련은 되도록 겪지 않을수록 좋죠. 근데 저 역시도 항상 노력하는 이유가 내년 시즌 어떻게 될지 모르고, 내후년 시즌 또 어떻게 될지 몰라요. 내가 올해 잘했다고 해도 내년에 첫 타석 들어갔을 때 그 성적

이 그대로 전광판에 뜨는 게 아니잖아요. 모두 0에서 출발하죠. 그
럼 다시 새로 시작인 거예요. 그래서 더 열심히 하는 거고요. '반짝
활약'이라는 말이 있잖아요. 어릴 때 저는 그 소리를 듣기 싫어서 열
심히 했고요. 자리를 잡은 이후에는 떨어지는 모습을 보여주기 싫
어서 더 잘하려고 했어요. 제가 안일한 마음을 먹고 '이 정도면 돼'
라고 생각했다면 떨어졌겠죠. 그런데 절대 그런 생각을 하지 않고
더 잘하고 싶다는 생각만 늘 하는 거예요.

냉정하게 생각해 보면 세상에 당연히 얻어지는 게 어디 있으
랴. 올라서기 위해, 지키기 위해 누구든 부단한 노력이 필요하다.
이정후 역시 그렇게 지켰을 것이다. 그런데 세상은 빠르게 올라선
그의 '굴곡 없는 삶'을 당연하게 생각하는 듯하다. 잠깐 주춤할 수
는 있어도 금세 일어나 커리어하이를 또 기록할 것만 같은 느낌이
라고 해야 할까. 하지만 조금만 들여다보면 역시나, 당연하게 계속
잘할 수 있는 것은 아니었다. 정상으로 올라간 이정후는 언제고 떨
어질 수 있는 상황을 늘 경계해 왔다. 그렇게 긴장감을 유지하면서
자리를 지켜내고 또 올라서고자 했다.

그렇다면 굴곡이 없다는 이야기에 동의는 하시나요?

남들이 봤을 때는 그럴 수 있다고 생각해요. 데뷔 후에 계속 상승곡

선만 그려왔으니까요. 근데 이 결과론이 진짜 무서운 거 같다는 생각이 드는 게요. 저는 2022시즌에 야구가 정말 힘들었거든요. 근데 제가 최고의 시즌을 보낸 게 2022시즌이잖아요. 제일 잘한 그 시기가 저에게는 제일 힘든 시간이었어요. 모든 게 처음이었거든요. 리더가 되어야 하는 것도 처음이었고, 많은 선배들이 빠져나간 상황에서 훈련을 하는 것도 처음이었고요. 중간에 번아웃 같은 것도 왔어요. 근데 모르셨죠?

전혀 몰랐습니다.

모르는 거예요. 이게 결과만 보고 말씀을 하시는 거니까, 그 사람의 속은 아무도 모르는 거잖아요. 근데, 그럼에도 불구하고, 해야 하니까. 티를 내지 않으려고 하는 거죠.

시련이 '없는' 사람이 아니라 시련이 '없어 보이는' 사람이었다. 자신의 어려움을 드러내지 않는다는 건 정말 큰 강점이다. 하지만 일부 사람들은 그의 감내보다도 타고남에 더 초점을 두고 지금까지의 커리어를 '굴곡이 없다'는 냉소적이고 짧은 표현으로 대신하기도 한다. 그러나 그는 이렇게 장점조차도 다소 부정적으로 바라보는 일부의 시선까지 있는 그대로 받아들인다.

하지만 이는 이정후가 수용하는 방식일 뿐이다. 그가 외부 시선을 쿨하게 인정한다고 해서 그에게 어려움이 없는 건 아니었다.

매일 치열하게 경쟁하는 집단 속에서, 열심히 하지 않는 선수는 버틸 수도 없는 분위기 속에서, 타고난 무언가만으로 정상에 올라서고 그 자리를 지킬 수 있는 건 아닐 것이다.

그럼에도 그의 고충을 우리가 몰랐던 이유. 그의 수용방식 때문, 또는 덕분이다. 그의 표현대로 티를 내지 않으니 알 리가 없었을 것이다. 그런데 왠지 모르게 이 말이 애잔하게 느껴졌다. 이정후는 잘하는 야구를 통해 많은 걸 이뤘고 해냈다. 덕분에 얻을 수 있는 것도 많았다. 이렇게 성장하기까지, 그리고 이렇게 지켜내기까지. 혼자만의 노력으로 가능했던 게 아니라는 걸 누구보다 스스로가 잘 알고 있는 만큼 더 많은 걸 베풀고 나누려는 그의 마음은 팬들로 하여금 더 그에게 매료되게 한다. 하지만 아직은 젊은 청년인지라, 그에 앞서 사람인지라, 때로는 힘겨운 감정에 솔직해도 될 테지만 그는 그럴 수 없고, 그러고 싶지도 않다고 했다.

힘든 순간에 티를 안 내는 겁니까, 못 내는 겁니까?

저에 대한 기준은 항상 높고, 점점 더 높아져요. 예를 들어서, 남들이 봤을 때 3할 타율을 기록한다고 하면 잘 치는 거잖아요. 근데 저는 아니거든요. 제가 딱 3할을 치면 저에게는 커리어로우 기록이에요. 저는 기본적으로 3할 4푼 정도는 쳐야 사람들이 생각하는 평균이 되는 겁니다. 그래서 제가 3할 1푼 이렇게 치고 있으면 그건 저한테는 스트레스거든요. 근데 다른 사람들은 어떻게 그렇게 잘 치면서 스트레스를 받냐고 하죠. 이미 잘하고 있다고요. 이렇게 얘기하는 건 제 상황을 겪어보지 않은 사람들의 말이에요. 물론 위로의 말이라는 건 알지만 사실 그렇게 와닿지는 않습니다.

순간의 스트레스는 사람들이 잘 모를 테니까요.

굴곡이 없다고들 하시는데, 시즌이 끝나고 보면 그렇게 보일 수 있죠. 하지만 그 안에서 혼자만의 힘든 시간이 있었다, 그렇게 얘기할 수 있겠네요. 굳이 제 고통을 알아달라고 할 이유도 없고, 그런다고 풀리거나 해결이 되는 것도 아니니까요.

우리도 모르는 사이 이정후는 수차례 넘어졌다 일어섰다를 반복하고 있었다. 너무 일찍이 정상에 오르는 바람에, 자신의 자리를 지키면서 성장까지 이뤄야 하는 숙명을 안게 됐다. 더불어 지켜야 하는 기간도 상대적으로 더 길 것이다. 하지만 그 속에서 오는 스트레스를 표현하지 않는다. 부정적인 감정은 특히 더 드러내기 싫어하는 성격에, 남들이 봤을 땐 배부른 소리일 수 있는 그만의 고충이 더해진 결과였다.

하지만 여기에 더해진 이정후의 특이점은 그저 감내해야만 하는 무언가로만 생각하지 않는다는 것이다. 또 다른 방향으로 생각을 전환하는 것. 받아들이고 인정하면서, 어려워 보이는 장애물이나 부정적인 시선을 새로운 자극제이자 동력으로 삼는다. 그게 바로 정상을 지키면서 그 이상을 해내는 그의 힘이었다.

점점 높아지는 기준이 가혹하게 느껴지지 않을 리 없다. 부러움과 시샘 그 사이 어디쯤에서 그를 바라보는 주변의 시선도 달갑지는 않다. 그러나 그의 비결은 외부 시선을 어떤 방식으로든 자신을 위한 무언가로 바꿀 줄 아는 데 있다. 긍정적인 시선은 그 기대에 부응하거나 뛰어넘기 위한 촉매제로, 부정적인 시선은 오롯이 나 자신에 더 집중하게 만드는 전환점으로 말이다.

2022시즌이 끝나고 메이저리그 진출에 관한 공식 발표가 나간 후에 주위에서 소위 말해 말들이 많습니다. 아무래도 관심이 갈 만한 이슈니까요.

그렇죠. 된다, 안 된다. 벌써 말이 많네요.

가기도 전에 안 된다는 말이 나오면 기분이 언짢지는 않습니까?

저는 신경 쓰지 않아요. 이건 순전히 저 자신을 위해서 하는 거니까요. 제가 잘하면 제가 성공하는 거고, 제가 못하면 제가 실패하는 거예요. 다만 실패를 생각하고 가는 게 아니니까 성공하기 위해서 어떻게 준비해야 하는지 공부하고 있고요. 더 많은 노력이 필요하다는 것도 알고 있어요. 그보다도 도전할 수 있다는 것만으로도 특권이잖아요. 도전이라는 단어도 멋지고요. 아무나 누릴 수 없는 이 경험을 할 수 있다는 것만으로도 저는 기대가 됩니다.

도전을 떠올리며 그 자체만으로 금세 설레는 그의 모습을 바라보며 내가 준비한 질문을 다시 살피게 됐다. 그의 표현대로 아무나 할 수 없는 도전이기에, 그래서 기대가 되면서도 한편으로는 그래서 걱정이 되는 마음을 나도 갖고 있었던 거다. 'KBO리그에서 본 대로 이정후는 무조건 잘할 것이다' 하는 기대감과 동시에 '아무럼 이정후라도 그 큰 무대를 이겨낼 수 있을까' 하는 우려감.

그 양가감정 속에 나도 모르게 후자에 대한 생각을 더 많이 했던 것도 같다. 원하는 결과가 나오지 않으면 그는 어떤 대응을 할까, 어떤 준비를 하고 있을까 하는 질문들. 하지만 그와 대화를 나누어 보니 미리 준비했던 그런 질문은 의미가 없었다. 이정후의 머릿속에 실패를 염두에 두는 생각은 아예 없기 때문에. 그에게 솔직하게 이 마음을 전하며 이야기를 이어갔다.

사실 저는 그런 질문을 생각하고 왔어요. 만약에 메이저리그에 진출한 후에 그 결과들이 만족스럽지 않거나 그곳의 생활이 힘에 부친다고 느껴지면 어떻게 할 것 같은지, 그리고 과감하게 도전은 여기까지라고 판단할 기준, 경계를 어느 정도로 설정할 것 같은지. 근데 이야기를 나눠 보니 쓸데없는 질문이네요. 벌써부터 만족스럽지 않거나

힘에 부치는 상황이 온다는 생각을 아예 하지 않으니까요.

네. 거기까지는 전혀 생각하지 않습니다.

주변에 잘할 거라는 긍정적인 이야기도 많지 않습니까.

근데 그런 예상도 섣부르다고 생각해요. 그저 저는 기대가 될 뿐이에요. 도전 직전까지 무슨 일이 생길지 모르는 거고요. 아직 제가 진출을 한 것도 아니에요. 그렇기 때문에 성공할지 말지는 그 다음 문제고요. 일단 진출을 하는 게 첫 번째, 그리고 잘 적응하는 게 급선무라고 생각합니다.

그런 수용 자세가 저는 신기하게 느껴집니다. 주변의 남다른 관심이 동기부여로 작용할 수도 있지만, 한편으로는 부담으로 작용할 수도 있잖아요.

감사할 따름이죠. 응원해주시고 격려해주시는 거 모두 감사드려요. 솔직하게 말씀드리면 저는 좋은 얘기는 다 담아 듣거든요. 반대로 좋지 않은 얘기들은 그렇게 담아두지 않아요. 물론 저에게 필요한 비판도 있지만 그런 걸 신경 쓰다가 좋은 것까지 망치게 될 수 있잖아요. 결론적으로 저에게 도움이 되는 건 좋은 말씀이니까요. 그런 것들을 더 떠올리면서 긍정적인 상상을 하는 편이 더 낫다고 생각해요.

나에게 도움이 되는 방향으로 외부 시선을 받아들이는 태도.

그에 앞서 자신에게 더 집중하면서 목표를 확실히 다지는 자세. 현재에 있어서, 그리고 미래에 대해서 본인만의 확실한 중심이 있기에 어떤 외부의 자극에도 쉽게 흔들리지 않을 수 있는 것이었다.

그냥 인간적인 마음을 담아서요. 이정후 선수도 가끔은 자신을 달랠 시간도 필요하지 않나 이런 생각이 드는데요.

아, 그런 거 없어요.

(아주 단호한 답변이었다. 당황스러울 만큼.)

사실 여전히 젊은 나이 아닙니까? 어리광을 부려도 이해가 되는 나이라고 해야 할까요.

저희는 야구선수인데 나이가 무슨 상관이에요. 내가 잘하면 잘한 만큼 대접받고 사람들도 인정해주고 내가 꿈꿔온 삶을 살아갈 수 있는 특권을 가진 사람들이라고 생각해요. 굳이 내가 힘들다고 어리광부리고 하소연할 필요는 없죠. 그냥 잘하면 좋은 거예요. 대신 잘하면서 관심이 커질수록 그에 맞는 책임도 감당해야 하고요. 프로야구 선수이면서 개인 사업자들인데 받아들여야죠.

잘하면 잘한 만큼 대접받는 일을 특권이라 생각하는 마음. 세상의 당연한 순리라 여길 수 있는 저 명제를 감사하게 생각한다는 게 새삼 새롭게 느껴지는 이유가 있다. 모두가 그렇다고 말할 순

없으나 꽤 많은 사람이 받고 누리는 것보다 잃고 포기해야 하는 것에 초점을 둔다. 학창 시절 매일같이 훈련하느라 남들 다 즐기는 수학여행 같은 추억 하나 없다거나, 체중 관리 때문에 먹고 싶은 음식도 먹지 못하고 고통의 시간을 겪었다거나. 그들의 이야기도 충분히 일리가 있고 이해할 수 있는 부분이다. 하지만 일반 사람들이 쉽게 누릴 수 없는 것들도 함께 생각한다면 이야기가 달라진다.

최근 TV 프로그램을 통해 한 스타 운동선수의 인터뷰를 봤는데요. 그분의 이야기가 많은 운동선수가 자신이 여기까지 올라오기까지 포기한 것들을 더 강조하는데, 자신은 그보다 일반 사람들은 얻을 수 없는 사랑을 받을 수 있다는 게 더 크다는 이야기를 하는 게 인상적이더라고요. 이정후 선수와 얘기를 나누다 보니 그게 떠오릅니다.

저도 그렇게 생각해요. 사실 저는요. 제가 뭐라고 저를 위해서 이렇게 많은 팬들이 경기장에도 찾아와 주시고 응원해주시고 할까, 그게 신기하고 감사하거든요. 저도 그냥 똑같은 사람이고 그저 운동만 하는 것뿐인데 이렇게 넘치는 사랑을 받아도 될까 싶어요. 그래서 감사한 마음밖에 없는 것 같아요. 제가 못 쉬고 그런 부분에 대해서 아쉽다거나 그런 생각은 들지 않습니다.

운동선수이기에, 어릴 적 추억이라던가 이미 지나간 시간에 누리지 못한 속상함 같은 건 없을까요?

저 추억 많아요. 어렸을 때 운동하고 친구들이랑 야구를 했던 것도
추억이고요. 가끔은 도망가고 싶다며 서로 머리 맞댄 기억, 잠깐의
휴가나 휴식이 더 꿀 같았던 시간, 고생한 것까지도 다 추억이에요.
굳이 제가 야구선수라서 포기해야 했던 것들이라고 생각하지 않는
것 같아요. 당연한 일이죠.

야구를 당연하게 잘할 수 없는 것처럼 세상에 당연하게 얻어
지는 것도 없다고 생각하는 태도. 그렇기에 잃었다고 생각하는 무
언가보다 얻었다고 느끼는 무언가를 더 크게 새기는 마음으로 자
신을 긍정으로 채우고 타인에겐 감사로 보답하는 그만의 방식. 그
마음가짐이 대한민국 최고의 타자 이정후이자, 대한민국 최고의
야구 스타 이정후를 만든 게 아닐까?

부모님이 어릴 때 그런 말씀을 하셨어요. 뭐 하나를 얻으려면 뭐 하
나는 포기해야 한다고요. 그러니까 네가 야구를 잘하기 위해서는
그만큼의 연습을 해야 하고 그러려면 노는 것도 참을 줄 알아야 한
다는 말씀이셨죠. 저를 위해서 포기한 건데 아쉬워하면 안 되는 거
죠. 다 제가 잘하기 위해서, 저의 시간을 쓰는 것이고 그에 맞는 투
자를 하는 것뿐이에요.

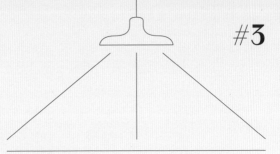

지금의 나를 만든 한 마디가 있다면.

이제 야구를 해라. 대신 왼손 타자를 해라.

아버지가 하신 말씀이었죠. 그 순간이 다시 기억이 나네요.

그게 저를 만들었죠. 야구선수로서 진짜 시작이었으니까요.

그러네요. 그게 비단 좌타자로서 야구를 본격적으로 시작한 것뿐 아니라

성공한 야구선수의 시작을 만들어준 거니까요.

그렇죠. 사실 야구를 어차피 처음으로 제대로 배우는 거였기 때문에,

왼쪽으로 치든 오른쪽으로 치든 크게 다르진 않았어요.

그래서 좌타자로 바꾸는 게 어렵진 않았죠.

오른쪽으로도 곧잘 쳤는데 힘이 더 있었고요.

왼쪽으로 치면 공을 더 정확하게 맞힐 수 있었습니다.

• • •

이정후가 리그를 대표하는 홈런타자가 됐을 수도 있다. 그 모습이 어땠을지는 사실 상상이 가지는 않는다. 그의 노력에, 그의 성향이 더해졌다면 또 다른 강점을 무기로 정상에 오를 수 있었을 것도 같다. 하지만 지금 그는 리그에서 가장 정교한 타자다. 전문가의 말을 빌려 이정후가 왜 잘하는 타자인지 정의한다면 그는 '어떤 공이든 안타로 만들 수 있는 타자'이다. 어릴 적 더 정확하게 맞힐 수 있었던 좌타자로의 시작이 이런 찬사를 받는 선수로 만들었다.

물론 결과론이다. 중요한 건 지금 그는 가장 많은 안타를 때려낼 수 있는 최고의 좌타자이자, 타자라는 사실. 그러니 지금의 이정후를 만든 것은 그저 야구를 해도 된다는 아버지의 한마디가 아닌, 할 거라면 왼손 타자를 하라고 했던 그 한마디다.

07

타고난 능력
그리고 한계

어렸을 때부터 공 맞히는 능력은
타고난 게 조금 있다고 생각했어요.
공만 맞히는 게 아니라 공을 정확하게 맞히는 능력이요.
문제는 어렸을 땐 힘이 부족했어요.
그래서 제가 야구선수로서 더 보여줄 수 있는 장점은
컨택트 능력, 그게 가장 큰 무기라고 생각했죠.
제 강점을 살리기 위한 노력을 많이 했어요.

　　내가 잘하는 것과 잘하지 못하는 것을 '잘 아는 것'은 커다란 축복이고 힘이다. 그도 그럴 것이 세상엔 내가 잘하는 게 뭔지 '모르는' 사람도 많지만, 내가 잘하지 못하는 걸 잘한다고 '잘못 알고 있는' 사람도 많다. 이렇게 하나하나 쪼개어 생각해 보면 스스로가 자신의 장단점을 확실하게 인지하고 있는 사람은 생각보다 많지 않을 것 같다.

　　그런 면에서 이정후는 자신이 잘하고 잘하지 못하는 걸 잘 아는, 축복받은 사람 중 하나다. 아버지가 슈퍼스타 야구선수 출신이라는 좋은 배경 안에서, 그래서 남들보다는 상대적으로 더 많은 상황을 쉽게 접할 수 있다는 좋은 환경 속에서. 남다른 운동신경과 특별한 주변 환경은 그의 장단점을 발견하는 데 더 수월하게 작용했을 것이다. 이정후 역시 스포츠인 2세가 누릴 수 있는 '득'에 대해 감사한 마음을 늘 갖고 있다.

많은 걸 경험해볼 수 있었어요. 예를 들어서 야구 경기가 있는 날 아빠를 따라가면 거기에 프로야구 선수들이 있는 거죠. 아직도 기억이 나요. 어릴 때 야구장에 놀러 가서 이용규 선배님이랑 캐치볼도 하고, 신배님이 직접 배팅볼도 던져주시고 그랬죠. 야구용품도 쉽게 구할 수 있었고요. 그리고 무엇보다 아버지와 심리적인 부분에 대해서 많은 대화를 나눌 수 있어요. 학교에서 코치님들이 이야기해주지 못한 부분들도 전해주실 수 있고요. 환경은 확실히 좋다고 말씀드릴 수 있어요.

이 자체가 커다란 행복이다. 타고난 재주는 더 큰 축복이다. 다만 이를 재능으로 만드는 건 본인의 몫이다. 이정후 본인이 느끼고 언급한 대로 그는 자신이 가졌다고 생각한 타고난 능력에 대해 잘 알고 있었다. 반대로 타고나게 갖지 못한 영역에 대해서도 확실히 인정했다. 그리고 명확한 방향을 설정했다. 내가 잘할 수 있는 것에 더 집중하기.

핵심은 이 대목이다. 먼저, 상대적으로 잘할 수 없는 것에 대해 걱정하거나 두려워하고만 있지 않았다. 미련이나 욕심을 갖지도 않았다. 내가 잘할 수 있는 걸 발견하는 것만큼이나, 내가 잘할 수 없는 걸 확실히 알아차리고 빠르게 인정하는 것도 어려운 일이다. 남들 다 하는 것 같은데 나만 못하면 어떡하지. 이걸 할 줄 알아야 돋보일 것 같은데 시도해볼까. 주변의 시선을 의식해서, 또는 겉으로 보이는 무언가에 사로잡혀서, 정작 나에게 어울리는 방향을 잃는 경우가 종종 있다.

그런 면에서 이정후는 홈런에 연연하지 않으려 했다. 홈런타자가 되고자 무리하지 않았다. 야구 경기에서 홈런은 그 자체로 화려하다. 그래서 혹자는 야구의 꽃이 홈런이라고 말하기도 한다. 단 한방으로 모든 이목을 집중시키고 야구장 안의 분위기를 단숨에 바꿔버리는 이 큰 타구가 가진 힘의 유혹은 생각보다 크다. 괜한 욕심이 생길 법도 하다. 실제로 이승엽, 이대호처럼 우리나라에서 '국민타자'로 불리는 선수들의 면면을 살펴보면 그들의 상징은 단연 홈런이었다. 다른 복합적인 요소들이 종합된 관심과 사랑이었지만 이 홈런이 야구팬들을 얼마나 열광하게 하는지를 새삼 느끼게 하는 부분이다.

이정후 선수도 빠르게 리그를 대표하는 타자 반열에 오른 만큼 '국민타자' 타이틀에 가까워지고 있는 것 같은데요. 우리나라에서 국민타자 하면 대개 홈런타자를 떠올리지 않습니까? 이정후 선수의 컬러와는 좀 다른데요. 그런 면에서 만약 내가 국민타자가 되고자 한다면 어떻게 해야 한다고 생각하십니까?

KBO리그에서 4할 타율을 기록하거나, 해외리그에 진출해서 한국

을 대표하는 선수로 맹활약하거나 하는 방법이 있지 않을까요? 한
국에 없었던 기록을 남긴다면 가능하지 않을까 싶습니다.

당연한 얘긴데요. 내가 국민타자가 되기 위해서 홈런타자가 되어야겠
다거나 되고 싶다는 생각은 하나도 없는 거잖아요?

그럼요. 저의 스타일이 있으니까요. 그런 평가는 팬들이나 전문가들
이 나중에, 자연스럽게 해주시는 거지 제가 '국민타자'라는 걸 목표
로 그렇게 돼야겠다는 생각도 없고요. 지금은 제 스타일대로, 아직
은 그저 야구가 재밌어서 하는 선수 중 하나일 뿐인 것 같습니다. 그
런 평가들은 은퇴 후에 만들어질 수 있는 거라고 생각하고요. 지금
은 그저 제가 잘할 수 있는 걸 열심히 해야죠.

이미 만들어진 기준에 나를 맞추기보다 소신대로 나의 길을
가는 것. 정설은 알고 있지만 실천이 어려운 일이다. 누구나 내가
잘하는 것에 집중하고자 하지만 뜻밖의 유혹이나, 마음의 동요에
흔들리는 경우를 마주한다. 내가 할 수 있는 것과 내가 하고 싶은
것 사이의 괴리. 때로는 이 생각이 지나치게 어긋나 어울리지 않은
옷을 입으려다 되려 탈이 나는 경우도 있다. 그렇게 길을 잘못 들
게 되면 회복은 더 어려워진다.

같은 맥락으로 아나운서 지망생들이 조언을 구해올 때 가장
강조하는 말이 있다. '가장 나다운 것이 롱런의 비결.' 내가 가장

편안하고 재미있게 느끼는 내 모습이 나뿐 아니라 남들에게도 오랜 시간 사랑받을 수 있는 자연스러운 상태라는 이야기다. 억지로 무언가를 따라 하거나 무리하게 새로운 것만 좇으려는 모습은 남들에게도 부자연스러워 보이는 데다 스스로도 그 상태를 오래 유지하기 어렵게 만든다.

이정후가 빠르게 최고의 타자로 성장할 수 있었던 비결 역시 가장 어울리는 자신의 모습을 명확히 알고 꾸준하게 이어간 덕분이었다. 최소 경기 최다 안타, 최연소 최다 안타 등의 신기록을 경신해갈 수 있었던 건 이런 그의 신조의 결과물이다. 물론 그 안에서 시행착오도 겪었다. 잠깐의 유혹에 잠시 길을 잃을 뻔한 적도 있다. 하지만 자신이 잘하는 걸 떠올리며 중심을 잡으니 다시 본인의 자리로 돌아올 수 있었고 기록도 제자리를 찾을 수 있었다.

더불어 그가 자신의 장점을 살려 최고의 반열에도 오를 수 있었던 결정적 비결은 타고난 능력만 믿고 안주하지 않았다는 점이다. 잘하는 걸 더 잘하기 위한 꾸준한 연구와 노력. 분야를 막론하고 자신이 잘한다고 생각하고, 실제로 정말 잘한다고 하더라도 모든 순간에 100% 만족할 만한 결과물을 낼 수 있는 사람은 없다. 이정후 역시 마찬가지다. 그래서 그는 어느 순간을 마주하더라도 자신의 장점이 살 수 있도록 다양한 상황을 그려보고 연습했다.

시간이 좀 지난 일인데요. 어느 날 경기 중에 이정후 선수가 거의 바닥으로 떨어지는 공을 마치 골프처럼 걷어 올려서 안타로 만들었습니다. 그걸 보고 그날의 중계진이 '이건 이정후 선수 부모님에게 감사해야 하는 안타'라고 표현을 했죠. 타고난 컨택트였다고요. 혹시 알고 있을까요?

봤어요. 부모님께 감사하는데요. 솔직히 그 표현이 기분 좋지는 않았습니다.

그랬을 것 같다는 생각이 들었습니다.

아예 틀린 말이라고 할 순 없겠죠. 제가 너무 좋아하는 선배님께서 해주신 말씀이라 괜한 이야기였다고 생각하지도 않고요. 다만 그 상황이 타고난 무언가만으로 될 수 있는 건 아니거든요. 그런 투구에 대한 대응 연습을 그동안 많이 해왔어요. 훈련할 때 정말 안 좋게 들어오는 공도 쫓아가서 쳐보기도 하고요. 수많은 연습의 결과가 그렇게 나온 거예요. 그런데 그걸 그저 타고난 결과라고만 규정 지어버리면 제 노력에 대한 부분은 인정받지 못하는 거잖아요.

그렇죠.

타고나야 할 수 있는 거라고만 생각하지 않으셨으면 해요. 어렸을 때부터 안 좋은 공이라도 한 번씩 툭툭 쳐보는 연습도 해보고, 그런 공을 따라가는 대응 훈련도 필요하다고 생각합니다. 훈련이 안 되어 있으면 쫓아갈 수가 없죠. 타고난 것도 있겠지만 연습이 동반되지 않았다면 타고난 것도 결과로 만들 수 없다는 거예요.

'타고남'에 대한 냉소적인 시선에 '노력'에 대한 자신감으로 받아친다. 자신이 흘린 땀방울에 이렇게 당당할 수 있는 건 물리적인 시간이 수반됐기 때문이 아닐까. 자만하지 않는 자세로, 소극적이지 않은 마음으로, 수많은 상황을 해결할 수 있는 해법을 익혔고 그런 순간이 쌓여 고타율이 완성됐다. 더불어 그런 노력의 결과는 의도했던 단 하나의 성과만을 산출하지 않는다. 부가적인 장점에 때로는 약점까지 자연스럽게 보완된다.

언제나 신경을 쓰는 건 장점을 극대화하려는 노력이에요. 자신 있는 컨택트 능력에 집중하면 안타는 늘어나고 삼진이 줄어들거든요. 그렇게 극적인 상황이 저한테 걸리면 삼진을 당할 확률은 적고 타구를 그라운드로 흘려보낼 수 있는 거죠. 그럼 어떻게든 원하는 결과가 나올 수 있는 거예요. 팀은 흐름을 이어갈 수 있고요.

범타성 타구라도 행운의 안타가 되거나 상대 실책이 나올 수 있으니까요.

그렇죠. 여기에 가끔 타구를 멀리 띄우다 보면 타구에 힘이 조금 더 실린다거나, 아니면 바람의 영향으로 이게 홈런이 되기도 해요. 그렇게 홈런 수는 자연스럽게, 천천히 늘어나게 되는 거죠. 장타력이 부족하다는 지적은 이렇게 서서히 보완해나가는 것 같아요.

꼭 안타를 생산해야 한다는 강박에 사로잡히지도 않았다. 그저 내가 가장 잘 칠 수 있는 공만을 기다렸다가 확실한 단 한 번의 타격으로 그라운드로 타구를 보내기. 다음은 어떤 상황이 생길지 알 수 없는 게 야구고, 그게 야구의 매력이다.

시원하게 담장을 훌쩍 넘기지 않아도, 벼락같이 날카로운 타구를 만들지 않아도, 일단 그라운드로 공을 보내면 타자에게 유리할지 투수에게 유리할지 그 결과는 아무도 알 수 없다는 야구의 속성을 어린 이정후는 명확히 인지하고 있었다. 그렇게 행운의 안타도, 상대 실책도, 모두 자신의 것으로 만들어가며 야구 선수의 꿈을 키워 나갔다.

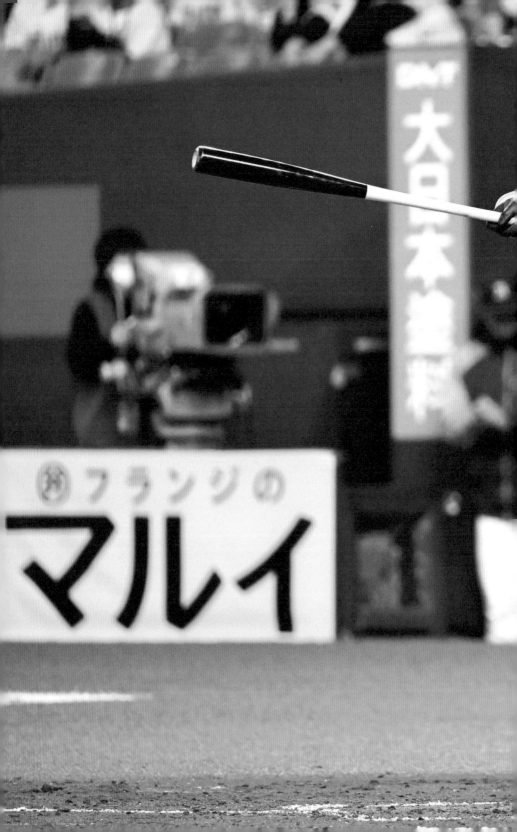

08

시크릿의 힘 - 과정의 중요성

경기가 있는 날 야구장에선 무슨 생각을 합니까?

4타수 4안타 친다는 생각이요.

홈런도 치고요.

매일 그런 생각을 해요.

장점으로 발현되기도 하지만 단점으로 변하기도 하는 나의 **97**
치명적인 생각 습관이 하나 있다. 결과에 대한 기대감을 낮추는
것. 어려운 상황을 극복해야 할 때, 새로운 도전에 나서야 할 때,
나는 최종적으로 목표 달성을 할 때까지 이뤄지지 않는 상황을 그
린다. 끝까지 긴장감을 유지하기 위함도 있고, 괜히 될 것 같은 마
음에 미리 들떴다가 원하는 결과를 얻지 못했을 때 오는 실망감을
차단하고자 하는 이유도 있다. 한편으론 그런 상황을 마주하지 않
기 위해 목표를 하향 조정하기도 한다. 이 모든 이유는 실패가 두
려워서, 그러니까 결과에 대한 걱정이 먼저 떠오르기 때문이다.

실패하지 않는 것에 초점이 맞춰져 있다. 이런 마인드로 경각
심을 이어가면서 원하는 성과를 이루기도 하지만 때로는 안정적
으로 목표를 설정하면서 그 이상을 넘어서지 못한다. 기대가 낮을
수록 실망도 적을 거라는 생각. 매일 최상의 결과를 내는 상상, 그
러니까 늘 높은 기대감을 품는다는 이정후의 생각과 정반대다.

최고의 타자라고 해도 매일 4타수 4안타를 칠 수는 없다. 전
세계 프로야구 역사를 살펴봐도 10할 타자는커녕 5할 타자도 없
다. 프로야구 원년을 제외하면, KBO 역대 리그 타율 1위를 차지했
던 선수들의 기록도 잘 나오면 3할 8푼대, 낮은 경우엔 3할 3푼대
에 그치기도 했다. 매일 5타수 2안타 혹은 3타수 1안타 정도를 꾸
준히 유지할 수 있다면 최고의 타자로 인정받는다는 소리다. 다시

98 말하면 최고의 타자도 매일 4타수 4안타는 불가능한 기록이다.

높은 목표는 이뤘을 때의 성취감이 배가 되기도 하지만 그만큼 실패의 확률도 높아진다. 높은 확률에 따른 잦은 실패로 실망감이 반복될 때 또 다른 악순환을 초래하는 경우가 있다. 내가 두려워하는 부분이 이 지점이다. 아무렴 최고의 타자로 평가받는 이정후라고 늘 최상의 결과만 낼 수 있는 건 아니다. 한 시즌을 통틀어 그가 4타수 4안타를 치는 날은 드물게 손에 꼽는다. 그러니까 그는 대부분 목표 달성에 실패한다. 그럼에도 이런 정신무장을 하는 이유는 뭘까.

하루의 목표를 높이 잡으면 이루지 못했을 때 오는 실망감이 크지는 않습니까?

계획과 목표가 있으면 그 꿈이 클수록 행동이 달라져요. 4타수 4안타를 치고 싶으면 그에 맞춰 아침부터 움직여야 해요. 그렇게 목표를 크게 잡고 부지런히 움직이는 거죠. 제가 한국 프로야구 선수로서 만족한다면 그냥 하던 대로 생활하면 돼요. 그런데 그걸 넘어서 이제는 미국 진출을 목표로 세우니까 운동도 시즌보다 빨리 시작하고, 타격폼도 더 연구하고, 영어 공부도 시작했죠. 이런 식으로 저의 많은 게 바뀌는 거예요. 그래서 목표를 크게 잡는 거죠. 그에 가까워지고 싶으니까요.

실망감을 먼저 떠올리는 나를 부끄럽게 만든 답변이었다. 이런 마음가짐으로 그는 매일, 그렇게 매 시즌 한 단계 한 단계 올라설 수 있었구나. 그리고 이런 시간이 쌓이고 쌓여 메이저리그 진출이라는 목표까지 도달했구나. 그가 얘기하는 그 '과정'을 통해서, 생각의 변화에 따른 행동의 '변화'를 통해서. 언제나 높은 곳을 바라보는 그만의 사고방식은 어느 정도건 간에 일정 부분, 매 순간 그를 성장시켰을 것이다.

그 역시도 이루지 못할 수 있는 결과가 두렵지 않을 리는 없다. 하지만 그런 결과를 먼저 떠올리기보다 이뤄가는 과정 안에서 느낄 수 있는 희열과 꿈을 꾸며 느끼는 설렘에 더 큰 초점을 둔 것이다. 원했던 표면적인 결과가 아니더라도 나도 모르게 축적된 많은 것들이 더 나은 이정후를 만들고 있었을 것이다.

모든 일에는 원인과 결과가 있다. 자세히 말하면 원인이 있기에 결과가 있다. 살아가면서 목표를 이뤄가는 과정에서도 마찬가지다. 세상사 무조건 최선을 다했다고 해서 원하는 결과를 얻어낼수 있는 건 아니다. 다만 할 수 있는 노력을 다했다면 꼭 생각했던 성과는 아닐지라도 또 다른 무언가를 얻을 수 있게 마련이다. 과정에 최선을 다했다면 그에 따른 결실은 어떻게든 보상받게 되어 있다는 얘기다.

모두가 알고 있는 이 인과관계 안에서 사람마다 차이를 보이는 대목은 원인을 먼저 떠올리느냐 결과를 먼저 떠올리느냐 하는 점이다. 이정후는 원인과 결과 중 원인을 더 중요하게 생각했다. 그는 미리 결과를 떠올리지 않는다. '뿌린 대로 거둔다.' 원인에 최선을 다했다면 그에 걸맞은 결과는 어떻게든, 어떤 방식으로든 따라온다는 믿음으로 목표를 설정하고 이행한다.

너무 높은 목표를 설정했으니 실패도 당연하게 생각하는 것이 아니다. 다만 관점의 차이. '이루지 못한 결과'를 '실패'로 규정하지 않고 목표로 향하는 '과정'에 '성공'의 의미를 둔 것이다. 무모해 보일지라도 계속해서 높은 곳을 바라보며 목표를 하나씩 이뤄나갈 수 있었던 비결, 그리고 그 속에서 여러 번 마주했을 시련에도 그가 좌절하지 않을 수 있었던 비결이 바로 여기에 있는 게 아닐까. 원인에 대한 자신감. 그리고 결과에 대한 자기 주문. 나는! 매일! 4타수 4안타를 친다! 칠 수 있다!

평소 자신에게 자주 하는 말이 있을까요?

자주 하는 말이요. 음… 그냥 해.

그냥 해…?

뭔가를 할 때 주저하거나 생각이 많을 때가 있잖아요. 그럴 땐 고민 않고 그냥 하는 게 맞는 것 같아요. 타격을 예로 들어볼게요. 어떻게 쳐야 한다고 자세히 알려준다고 해도 실제로 그렇게 할 수 있는 게

아니잖아요. 물론 스스로 방법을 고민하고, 코치님들께서 **103**
제안도 하시지만, 정작 타석에 들어가면 그냥 공 보고, 공
오면, 공 치는 것. 그게 다거든요. 실전에선 그냥 하면 되
는 거예요.

어느 책에 나온 이승엽 두산 베어스 감독 인터뷰를 본 적이
있는데요. 똑같은 말씀을 하시더라고요. 준비는 평소에 하
는 거고, 실전에선 결과를 내는 거라고요.

맞아요. 결과를 내기 위한 준비는 미리 해야 하는 거예요.
타석에 들어가면 그냥 쳐야죠. 결과는 어떻게든 나오는
거고요.

나는 말이 가진 힘을 누구보다 신뢰한다. 그래
서 아나운서가 되고 싶었는지, 그래서 아나운서가
되었는지는 모르겠다. 말 안에는 그 사람이 그대로
들어있다. 어떤 말을 하는지, 어떻게 말을 하는지를
보면 그 사람의 성향, 성격, 살아온 배경까지 많은 것
을 알 수 있다. 더불어 말에는 책임이 따른다. 그래서
신중해야 하고 그만큼 어렵다. 그렇기에 중요하고,
그만큼 큰 영향력을 발휘한다. 상대에게도, 그리고
나 자신에게도.

　　도전을 두려워하는 내가 무언가를 이루고 싶을 때가 있으면 동네방네 소문을 내고 다닌다. 혼자 마음속에만 새기는 다짐은 나만 설득하면 없는 것이 되기 쉽기 때문에. 타협해야 하는 대상을 여기저기 만들어 책임의 크기를 키우는 것이다. 내 말을 들은 타인의 시선을 채찍질 삼아, 내가 뱉은 말의 무게를 자극제 삼아 목표를 이뤄가는 것이다.

　　이렇게 책임이라는 강력한 속성으로 인해 말에는 하는 대로 이루어지게 하는 힘이 생긴다. 내가 뱉은 말 대로 나의 행동이 달라지고, 그에 따라 삶의 방향까지 달라진다. '말하는 대로 이루어진다.' 그래서 이정후가 자주 하는 말이 무엇인지 궁금했다. 중요한 순간 발현되는, 또는 무의식 중에 떠오르는 그의 어떤 생각이나 철학이 지금의 그를 만들었을까.

　　그의 답변, 그냥 해. 지극히 단순한 이 한 마디의 울림. 아무것도 하지 않으면 아무 일도 일어나지 않는다고 했던가. 계속해서 시선을 높이고, 새로운 시도를 하고, 실패를 통해 배우고 성공을 통해 도약하면서 성장을 이뤄나갈 수 있었던 데는 'just do it'. 일단 하고 보는 언행일치가 있었다.

반대로 듣기 싫어하는 말이 있다면요?

　　비관적인 표현이요. 특히 해보기도 전에 안 된다고 하는 거 정말 싫어해요.

그게 잘 될지 안 될지 걱정이 되니까 그런 말을 할 수도 있는 거 아닐까요?

해보기도 전에 걱정을 왜 해요. 그러면 시작도 못하죠. 일단 해보고 어려우면 더 열심히 노력하면 되고요, 할 만하면 그 상황을 즐기면 되는 거죠. 생각하는 결과가 나오지 않으면, 잘할 때까지 열심히 하는 거고요.

그렇다. 뿌린 대로 거둘 텐데 뿌리기도 전에 거둘 생각을 왜 하나. 그의 말대로 그냥, 일단 하면 무슨 일이든 생기는 것이다. 원하는 목표를 위해서라면 그만큼 최선을 다해야 한다는 당연한 이치. 이 정설에 오롯이 충실하면 결과에도 초연해질 수 있다.

야구는 운도 많이 따라야 해요. 잘 맞은 타구가 야수에게 잡히기도 하고, 빗맞은 타구가 안타가 되기도 하죠. 그렇게 생각하면 매일 안타를 칠 수도 있고, 못 칠 수도 있는 거예요. 다만 칠 거라는 믿음으로 준비하고 움직이는 거죠.

운을 떠올리면 노력에 대한 동기부여가 덧없게 느껴지지 않습니까?

결과에 대한 건 크게, 그리고 멀리 봐야 한다고 생각해요. '열심히'는 기본인 거죠. 할 수 있는 최선의 노력을 다 해봐야 이어지는 결과도 운으로 넘길 수 있는 거죠. 결국엔 노력한 만큼 제 자리를 찾게 되니까.

기본값으로 설정한 최신의 노력을 한 이후에 그가 힐 수 있는 건 '된다'는 자기 주문과 확신. 그리고 행복한 상상이다. 결과는 어떻게 자신의 마음대로 통제할 수 없는 영역이기에.

저는 이렇게 생각해요. 나를 보기 위해서 팬들이 야구장에 오셨다고요. 팬들이 야구를 보러 오시는 거지만 저 스스로는 내가 활약하는 모습, 내가 열심히 하는 모습을 보러 오셨다고 생각하면서 경기에 임하는 겁니다. 그래서 언제나 최선을 다하는 건 당연하고요. 무조건 좋은 결과를 내야 한다고 생각해요. 그러기 위해서 일찍부터 야구장에 출근을 하는 거죠. 높은 연봉 안에는 이런 책임감도 다 들어가 있는 것이라고 생각합니다.

과정에 충실하기 위해 이렇게 자신만의 기분 좋은 상상을 하는 것도 이정후의 노하우 중 하나일 것이다. 과정을 채우는 데 필요한 동기부여는 나 자신만이 만들 수 있는 거니까. 이렇게 외부 요인을 활용해서, 내 마음에 거는 주문을 통해서, 이정후는 후회 없을 원인을 만들어내고 그에 따른 결과는 그저 기다리고 받아들일 뿐이다.

혹시 메이저리그 진출 이후에 자신의 활약에 대한 기대치는 어느 정도입니까?

그런 건 없습니다. 그냥 부딪혀보고 싶다는 생각뿐이에요. 내가 어느 정도 할 것 같다는 예상보다 내가 어느 정도 할 수 있을까, 그저 궁금해요.

가능성을 제한해두는 게 아닌 가능성을 열어두는 자세. 원인과 결과 중 무엇이 더 중요한지 잘 구분해야 하는 이유가 여기에 있다.

09

실패는 철저히 버린다

가장 잘 친다는 타자도 10번 중 6~7번의 실패를 합니다.
그만큼 실패가 더 많은 스포츠가 야구인데요.
야구 선수로서 실패를 곱씹으며 교훈으로 삼습니까,
아니면 실패는 아예 버립니까?

버려야죠. 말 그대로 실패잖아요.
물론 그 안에서 좋은 걸 찾을 수 있어요.
희망적인 내용도 찾을 수 있겠죠.
하지만 결과적으로 어쨌든 실패에요.
다시 성공하려면 새로 준비를 해야 해요.
실패를 곱씹어서 좋은 생각이 나오긴 쉽지 않아요.
원하는 성공을 위해서 좋은 생각을 하고,
다음 타석에 좋은 타격을 하기 위한 준비를 할 뿐이에요.

앞서 언급한 대로 나는 실패를 두려워하는 사람이다. 그래서 야구선수들이, 그리고 야구라는 스포츠가 항상 신기했고 지금도 그렇다. 아무리 잘한다고 해도 더 많은 실패를 마주할 수밖에 없는 숙명. 그 숙명을 떠안고서 내 마음을 통제하고 기술적으로 정비하며 발전까지 도모하는 것이 매일매일 어떻게 가능할까?

짧다면 짧은 시간이지만 야구 현장에서 10년 가까이 소통하고 질문하며 느낀, 지극히 진부하고 뻔하지만 이만한 진리도 없다고 느낀 사실 중 하나. 바로 잘하는 선수들의 공통점은 실패에 덤덤하다는 점이다. 치명적인 실책, 승부처에서의 침묵, 위기상황에서의 실투. 이런 극적인 상황까지 가지 않더라도 하루에 몇 번은 실패를 경험하는 게 야구라는 스포츠다.

물론 사람인지라 그 안에서 미안함도 느끼고 내심 주눅이 들기도 할 테다. 하지만 그들의 생각은 이내 더 잘하기 위한 다음으로 쏠린다. 그리고 그 방식은 사람마다 차이가 있을 것이다. 내가 얘기한 '실패에 덤덤한' 그들은 각자 나름의 방식으로 실패를 대할 것이다. 잘 털어내고 잘 잊고 잘 버려야 한다. '잘'. 그렇다면 여기서 궁금해지는 대목은, 그 실패를 어떻게 '처리'할 것인가.

이정후는 실패는 무조건 버린다고 단호하게 말했다. 실패 속에서는 아무것도 얻을 수 없다는 생각은 아니지만, 말 그대로 실패는 실패라는 뜻. 너무 단정 짓는 결론은 아닐까 하는 생각도 들었

110 지만 이내 그 표현을 이해하게 됐던 건 '그의 직업에 대한 이해' 속에 숨어 있었다.

다음 타석, 다음 경기, 그리고 다음 시리즈를 쉴 새 없이 준비해야 하는 그들에게 실패를 곱씹는다는 건 사치였다. 자신에게 주어진 시간 속에서 빠르게, 스스로 이겨내야 실패에서 오는 손실을 최소화할 수 있다. 아쉬움을 되새기다가 자책이나 불평으로 이어져 부정적인 생각의 동굴로 한없이 파고들게 된다면 결국 많은 걸 잃게 되는 건 나 자신이 된다.

그렇기에, 마주할 수밖에 없는 실패라면? 빠르게 실패를 실패로 인정하고 버리는 것, 그리고 그보다 더 좋은 생각에 집중하기로 한 것이 그게 택한 방식이었다.

5타수 무안타에서 교훈을 찾기는 사실 쉽지 않습니다. 다음 경기를 또 생각해야 하니까요. 못한 부분 때문에 잠 못 이루고 고민하다 보면 새로운 악순환으로 이어지겠죠… 안 좋은 생각은 계속할수록 그게 반복되고, 더 안 좋은 방향으로 이어진다고 생각해요. 그래서 야구는 멘탈 스포츠인 것 같습니다. 실패를 얼마나 잘 다스리느냐, 그 싸움인 것 같아요.

핵심은 좋은 생각, 그러니까 긍정이다. 내가 잘해왔던 것, 내가 잘할 수 있는 것에 집중하기. 이것이 그가 실패를 다스리는 방법이었다. 습관적 사고가 인생을 만든다고 했다. 좋은 생각을 해야 좋은 결과가 이어진다는 그의 믿음. 이는 앞서 된다고 생각할수록 이루어질 가능성도 커진다는 그의 이야기와도 일맥상통하는 부분이다.

가장 좋지 않은 시즌 출발을 보인 2023시즌 5월의 어느 날, 조금씩 타격감이 살아나기 시작한 그가 언론과 했던 인터뷰 속 이야기를 통해서도 그의 이러한 철학을 발견할 수 있다.

시즌 초반 팀 성적이 좋지 않은 게 다 저 때문인 것 같아서 모두에게 정말 미안했습니다. 하지만 앞으로 치러야 하는 경기가 더 많고, 그런 만큼 더 많은 경기에서 팀에 도움이 되려면 어떻게 해야 할까 생각했어요. 미안해하고 좌절하기만 할 게 아니라 하루 빠르게 감을 되찾는 게 더 중요하겠더라고요. 사실 너무 안 맞다 보니까 자신을 믿지 못하는 순간이 생기기도 했습니다. 그런데 프로에서 제가 잘해온 시간은 6년이고요, 이렇게 안 맞는 건 올 시즌 한두 달일 뿐이에요. 내가 잘했던 6년이라는 시간을 그 한두 달의 시간이 꺾을 수 없다고 생각하고 마인드컨트롤을 해왔습니다,

프로에서 어느덧 6년 그리고 7년, 벌써 그만큼의 시간을 보낸 이정후는 이 토록 단호하고 확실하다. 리그에서 가장 잘 치는 타자라고 해서 그의 확신 이 무조건 정답인 것은 아니다. 여전히, 그리고 앞으로도 타격에 정답은 없 을 것이고, 멘탈 관리법 역시 마찬가지다. 물리적인 시간이 반드시 경험의 축적으로 이어지는 것도 아니고, 그 시간과 경험을 어떠한 기준으로도 평가 하고 나눌 수도 없다. 그저 이정후는 자신에게 맞는 방법을 찾았다. 아직도 젊은 선수인 만큼 변화의 여지는 얼마든지 있을 것이다. 다만 쉽게 변하지 는 않을 강력한 중심, 자신만의 확신은 당연히 자신감으로 이어진다.

10

누구나 어려운 시기는 온다

잘될 때는 야구가 쉽다는 생각도 해본 적이 있나요?

어렵죠. 진짜 어려워요. 잘될 때도 어렵고, 못할 때는 더 어려워요.
한 번도 야구가 쉽다고 생각해본 적은 없어요.

2023년 5월. 프로 데뷔 이래 가장 좋지 않은 시즌 출발을 보이는 이정후에 대해 언론에서 수많은 말들이 쏟아졌다. '타격폼 수정으로 인한 문제다. 주장 역할에 대한 무게감 탓이다. 빅리그 진출을 앞두고 심적으로 흔들리는 것 같다.' 각자의 이유를 추측하며 잘하기만 했던 그가 왜 요즘 부진한지 많은 이야기가 오갔다.

잠깐 살아나면 살아난 대로, 그대로 침묵하면 침묵한 대로. 경기 전 감독과 이야기를 나누는 덕아웃 취재 시간엔 항상 이정후에 대한 질문이 빠지지 않았다. "누구에게나 어려운 시기는 오네요." 취재진의 한마디에 홍원기 감독은 이렇게 답했다. "그동안 너무 잘하기만 했던 선수라 이런 관심이 쏠리는 거라 생각합니다. 이것도 헤쳐나가는 과정일 거고요. 젊은 선수에게 큰 공부가 될 거라 믿습니다."

그리고 그날 이정후는 승부를 뒤집는 역전 적시타를 때려내고, 3루에서 크게 포효하는 액션을 보였다. 그날 경기를 방송한 중계진은 마치 포스트시즌에나 볼 수 있는 이정후의 세리머니 같다고 표현할 만큼 그의 행동은 조금 크게 느껴졌고 어딘지 모르게 달라 보였다. 그날 주춤했던 팀 타선에 경각심을 일깨우는 듯한 행동이자, 그간 개인적으로 힘들었던 시간에 결단코 무너지지 않겠다는 외침 같아 보였다. 비록 그날 경기는 연장 승부 끝에 상대의 끝내기로 아쉽게 내줬지만, 반등의 계기를 마련한 듯한 활약을 확

인할 수 있었고, 다음날 경기에서도 중요한 순간 적시타를 때려내며 팀의 대승에 크게 힘을 보탰다.

이정후의 세리머니. 그리고 덕아웃에서의 한마디. 경기가 끝나고도 어딘지 모르게 짙은 여운이 남는 하루였다. '누구에게나 시련은 있다.' 세상 모든 사람에게 적용되는 이 한 문장이 이정후에게 향했을 때, 그 느낌이 낯설고 묘하다는 건 무엇을 의미하는 걸까. 어려운 시기가 올 것 같지 않았다는 건 그만큼 잘해오기만 했다는 뜻. 하지만 어려운 시기가 올지 몰랐다는 이 한마디가 정작 본인에게는 어려운 감정조차도 표현할 수 없게 만드는 또 하나의 부담이 되지는 않을까 하는 생각이 들어 질문 대신 응원을 전했다.

이것도 제가 처음 겪어보는 상황이라 힘들긴 하지만 어느 순간 인정하고, 이것도 경험이라는 생각이 들면서 편해지더라고요. 걱정해 주셔서 감사합니다.

누구에게나 처음은 있다. 젊은 이정후에게 다가온 이 처음도 언젠가 겪을 시련이었을 것이다. 그리고 앞으로도 수많은 처음과 마주할 것이다. 첫사랑 같은 설레는 처음도, 첫 이별 같은 시린 처음도. 어떤 처음이건 간에 이 처음이 의미가 있는 이유는 그 처음을 마주하기 위한 '시도'가 있었기 때문이 아닐까.

메이저리그라는 새로운 무대에 도전을 선언했고, 그와 함께 타격폼 변화라는 중대한 변화를 시도했다. 그리고 해외 진출 전 KBO리그에서의 팀 우승을 다짐하며 주장직이라는 새로운 자리도 맡았다. 직접적인 인과관계는 확인해낼 수 없지만 지금 그가 겪고 있는 결과는 슬럼프. 하지만 더 멀리, 더 크게 본다면 이게 또 어떤 결과로 이어질지는 아무도 알 수 없다. 시도하지 않았으면 평생 몰랐을 이 시련만큼이나, 경험하지 않았으면 평생 몰랐을 교훈까지 함께 얻고 있으리라. 그 성장통 속에 그는 몇 배 더 성장하고 성숙해질 것이다.

이후에 이정후는 이 시리즈 경기를 통해 본인의 타격감을 조금씩 찾아가는 느낌을 받고 있다고 했다. 원했던 결과가 나오지는 않았지만, 원하는 스윙이 나오면서 좋은 타구도 생산하는 것 같다고. 야수 정면으로 가면서 잘 맞은 타구가 아웃이 되긴 했지만 그건 통제할 수 없는 영역인 만큼 기다리다 보면 원하는 결과도 따라줄 것 같다고 덧붙였다.

모든 시행착오는 어떻게 대처하느냐에 따라 정의된다고 했다. 발전을 위해서 시행은 불가피하다. 그만큼 착오 역시 자연스럽게 받아들이는 자세가 중요하다. 그 대처에 따라 시행착오가 실패로 귀결될지 성공으로 이어질지 결정될 것이다. 현재의 이 힘든 상황을 이정후는 '인정'한다고 했다. 그러니 편해졌다고 했다. 위기에

직면했다고 해서 새로운 시도를 후회하거나 주변의 상황을 원망
하지 않는다. 나를 위한 경험이라고 의연하게 받아들이는 자세. 이
를 통해 이정후는 묵묵하게, 그리고 우직하게 조금씩 조금씩 올라
서고 있다.

11

이정후에게
번아웃이 있었다고?

만약에 계획한 모든 걸 이루고 나면 어떨 것 같습니까?

글쎄요. 뭔가 또 다른 동기를 찾아서 열심히 하고 있지 않을까요.

일 속에서 권태로움을 느끼는 시기는 누구에게나 찾아온다. 121
그 원인은 보통 일과 전혀 관계없는 일신상의 이유이거나 그냥 일
자체에서 오는 싫증이다. 하던 대로 하는 것 같은데 왠지 모르게
예전과 같은 성과가 나오지 않는다. 맘처럼 되지 않으니 흥미가 생
길 리도 만무하다. 아무것도 하고 싶지 않고 점점 무기력해진다.

말 그대로 싫증. 특별한 이유는 없다. 하기 싫어진 것을 되돌
리려면 내 마음을 고쳐먹는 수밖에 없다. 하지만 그게 곧바로 되면
이런 권태감을 신경 쓰지도 않았을 것이다. 돌파구를 찾아보려 해
도 이유를 모르겠으니 점점 부정적인 생각만 커진다. 내가 이 일을
왜 하고 있는지, 왜 해야 하는지 모르는 상태. 의욕을 잃었을 때만
큼이나 답이 없는 경우도 없다.

학생들에겐 공부, 직장인들에겐 업무처럼 특정한 일을 자발적
책임감과 타의적 의무감에 의해 일정 기간 지속해 온 사람이라면
누구나 직면할 수 있는 문제다. 관계나 일상 속에서도 마주할 수
있다. 어느 순간, 누구에게나, 갑작스럽게 찾아올 수 있는 번아웃.
이정후의 2022시즌 초반 일이었다.

**2022시즌 초반에 번아웃이 온 적이 있다는 이야기를 했습니다. 하지
만 그 시즌의 결말은 최고의 한 해였는데요. 그렇다면 그 순간을 어떻
게 극복할 수 있었던 겁니까?**

초등학교 때 일기장도 다시 찾아봤고요. 우연히 야구에 관한 만화를 보게 됐는데 그걸 보면서 다시 저를 돌아볼 수 있었습니다.

자신을 돌아봤다는 게 무슨 내용일까요?

야구를 하면서 어느 순간부터 제가 결과에만 집착하고 있더라고요. 내가 어렸을 때 야구를 시작한 이유는 던지고 뛰는 게 정말 재밌어서였거든요. 그런데 그런 것들을 생각하지 못하고 결과에만 사로잡혀 있었습니다. 야구는 생각대로 결과가 나지 않을 수도 있는 것인데도, 야구가 마음처럼 되지 않을 때 스트레스만 쌓이게 됐던 거죠. 결과만 중요하게 여기고 있었으니까요. 이런 상황이 반복되고 또 반복되다 보니까 언제부턴가 무감각해지더라고요. 안타를 쳐도 기쁘지가 않고 아웃이 되어도 아무렇지 않았어요. 출근 시간에 야구장에 나와도 별다른 기대감이 없고요. 그냥 빨리 일요일 저녁이 됐으면 좋겠다는 생각도 들었습니다. 다음 날은 쉬니까요.

엄연히 말하면 직장인이 결과에만 사

로잡혀 있는 걸 꼭 안 좋다고만 볼 수는 없다. 타인에 해를 끼친다 거나 부정적인 권모술수를 쓰면서 결과만을 바라보는 것이 아닌 이상 성과 지향적인 길도 다양한 업무방식 중 하나이다. 성과, 관계, 자기계발 등 어떤 가치를 가장 우선으로 생각하느냐에 따라 장단점이 있을 뿐 모든 방식에서 가장 좋은 정답은 따로 있지 않다.

여기에 2022시즌 초반 이정후의 성적은 예년과 비슷하거나 오히려 그 이상이었다. 2022시즌 개막 직후부터 그가 번아웃을 극복한 기점이라고 생각하는 6월 10일 광주 KIA전 이전까지의 타율은 0.316. 게다가 4월 타율 0.323, 5월 타율 0.330. 좋은 출발을 꾸준하게 이어갔다. 리그 전체로 봐도 상위권의 성적이고, 개인적으로도 그의 프로 경력 중 준수한 시즌 시작을 보인 것이다.

이렇게 결과도 좋았던 그가 결과만 생각하는 자신에게 염증을 느끼며 야구에까지 권태를 느꼈던 이유는 뭐였을까.

그냥 재미가 없었어요. 못해도 그만, 잘해도 그만. 딱히 와닿는 것도 없었어요. 야구를 그냥 하고 있다는 느낌이었다고 해야 할까요? 해야만 하는 일, 의무적인 일 같았죠.

너무 쉼 없이 달려왔나, 이런 생각이 들었을까요?

그런 생각도 아니었던 것 같아요. 그냥 재미없다고 느껴졌습니다.

결국엔 어떻게 이겨낼 수 있었습니까?

초심이죠. 초심밖에 없는 것 같아요.

어릴 적 재밌게 야구를 하던 이정후…

이 야구라는 스포츠 자체에 의미를 두는 거예요. 던지고 잡고 치고 뛰는 거잖아요. 여기에 초점을 두는 거죠. 나는 원래 이게 재밌어서 야구를 한 거니까. 결과도 무시할 순 없지만, 그에 앞서 이 재미를 조금 더 느껴보자고 생각한 거죠. 그렇게 다르게 생각을 하다 보니까 다시 신나고 의욕이 생기더라고요. 성적도 올라가고요.

아무렴 일은 일이다. 야구를 하면서 급여를 받는 직업인이고, 대중들의 기대에도 충족해야 하는 공인의 성격도 지닌 프로야구 선수가 야구를 그저 운동으로, 놀이로 생각할 수는 없다. 다만 나의 의욕이 떨어진 번아웃 시기인 만큼, 타의적 의무감과 자발적 책임감이 결합한 나의 업무 안에서 자발적 책임감, 그러니까 주체적 동기를 끌어올리기 위해 고민했다. 재밌게, 나의 일을 즐기는 방법. 이를 위해 초심이라고도 부를 수 있는, 내가 처음 이 일에 흥미를 느끼고 본격적으로 시작하게 된 근본적인 이유를 떠올렸다. 나에 의해, 나를 위해, 이 일을 해야만 하는 이유.

본질을 들여다보며 그 해답을 찾았다. 이정후에게 야구의 본질은 '재미'다. 그렇게 시작한 야구이기에, 그는 야구가 가장 재미있다고 느낄 때 자신이 가장 원하는 성과를 낸다고 생각했다. 이

일을 즐기면서 좋은 성적을 내는 것이야말로 야구선수로서 진정 의미가 있다고 여겼다. 더불어 야구, 그러니까 스포츠는 보는 사람에게도 '재미'가 핵심이다. 그리고 하는 내가 재밌어야 보는 당신도 신이 난다. 신이 난 당신의 표정을 바라보면 그 기대에 부응하고 싶다는 생각이 생긴다. 타의적 의무감이 커진다. 자연스러운 동반 시너지로 이어진다.

그렇게 잠시 잃었던 재미와 의욕을 찾으니 그 복합적인 효과는 대단했다. 6월 타율 0.392. 그리고 7월에 0.290으로 잠시 주춤했지만, 마음의 중심이 확고했던 덕분인지 크게 흔들리지 않은 그는 8월 타율 0.340, 그리고 마침내 9월 타율 0.418로 절정에 오르며 그해 타격 5관왕을 차지하는 등 눈부신 마침표를 찍을 수 있었다.

앞서 언급했듯 이정후는 스스로 번아웃이라고 느꼈던 기간에도 준수한 성적을 유지했다. 이렇게 즐기지 않아도 자신의 평균은 충분히 유지할 수 있었던 그가 더 의미를 찾고자 했던 이유는 무엇이었을까. 천재는 노력하는 사람을 이기지 못하고, 노력하는 사람은 즐기는 사람을 이기지 못한다는 말이 있듯, 정상이 아닌 최정상에 오르기 위해선 그 이상의 동기부여가 필요했던 게 아닐까. 그저 노력으로만 채울 수 없는 그 이상의 영역.

의지의 힘이 이렇게나 크다. 그저 열심히 하는 사람과 즐기며 열심히 하는 사람이 내는 결과물의 차이는 차원이 다르다. 그렇기

에 이정후는 언제나 기대감을 중요하게 생각한다. 내일
에 대한 희망이 그 하루를 더 잘 살아내고자 하는 의욕
을 만들기 때문에.

삶에 있어서 가장 중요하게 생각하는 건 어떤 건가요?
동기를 잃지 않는 거요. 매일 무슨 일이 생길지 기대감
을 품고 사는 게 중요한 것 같아요. 동기부여를 잃지 않
고 살았으면 좋겠어요.
**그 동기부여를 지속하는 것이 쉽지는 않습니다. 내 마음
대로 하루가 살아지지 않는 날도 있으니까요.**
맞아요. 저도 전날 야구가 잘 안 됐다면 그걸 완전하게
잊기는 사실 힘들어요. 하지만 오늘, 또 다른 하루의 시
작이니까 새로운 기대감을 품어보는 거죠. 마음 한 부
분에 좋지 않은 게 남아있을 수 있지만 그래도 나에게
는 새로운 기회가 다시 오는 날이니까요. 야구선수들은
매일매일 새로운 기회를 받는다고 할 수도 있잖아요.
다시 시작이니까요. 그런 기대감. 오늘은 어떤 하루가
펼쳐질까.

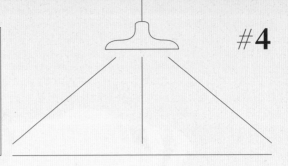

좌우명 같은 게 따로 있나요?

순리대로 살자. 아빠가 항상 강조하시는 말씀이기도 해요.

무언가를 쥐기 위해 팔을 지나치게 뻗게 되면 오히려 뻗을수록 그건 달아나게

되어 있다고요. 그저 매사 최선을 다하면서 열심히 살다 보면 순리대로

다음에 원했던 결과도 따라오는 거지, 오히려 무언가를 위해 살아가는 건

말이 안 된다는 말씀이에요. 예를 들어 100개의 계단을 올라야 한다면 하나씩

올라가야 정상에 오를 수 있는데, 4개 5개씩 무리해서 오르려고 하면 힘들고

금방 지치게 되잖아요. 탈이 날 수도 있고요. 그래서 순리대로 살아야 한다는

그 말을 잊지 않으려고 해요.

• • •

어떤 순간에도 크게 흔들리지 않는 의연한 태도는 그의 좌우명 속에서 드러난

다. 조급해하지도 않으려 하고 불안해하지도 않으려 한다. 티를 내지 않을 뿐

내적 동요가 없을 리는 없다. 다만 마음을 다잡아 본다. 단순한 정신 승리가 아

니다. 쌓아온 노력과 흘려온 땀방울에 대한 자신감이 있기에 가능한 마인드 컨

트롤이다.

2023시즌 부진을 겪을 때 아버지인 이종범 코치가 또 한 번 이 말을 되새겨줬

다. 순리대로 하면 너의 실력을 되찾을 것이라는 조언이었다. 마냥 잘 될 것이

라는 희망이 아니다. 너의 실력을 되찾을 것이라는 확신. 잠시 잃었을 뿐, 이미

갖고 있던 '너의 실력'. 그 안에 녹아 있을 피땀의 힘을 믿기에. 이 말을 되새기

며 다시 힘을 내본다.

12

운명 같은 팀, 히어로즈

현재까지 인생의 터닝포인트는 무엇입니까?

히어로즈 입단이요.
육성 방향을 저에게 맞게 설정해줬고,
차근차근 프로에 적응할 수 있도록 해준 덕분에
제가 이렇게 성장할 수 있지 않았나 싶습니다.
그리고 좋은 선배들을 이렇게나 가까이 만나게 돼서
지금의 제가 메이저리그 도전이라는 꿈을 키우게 된 것도 그렇고요.

매년 100명 안팎. 많다면 많아 보이고 적다면 적어 보이는 '야구선수'들이 신인드래프트를 통해 프로 야구단으로부터 지명된다. 고등학교와 대학교를 졸업한 선수들부터 해외리그에서 돌아온 선수들, 그리고 독립구단에서 다시 도전장을 내민 선수들까지. 각자의 위치에서 프로 무대에 문을 두드린 수많은 선수 중 딱 백여 명 정도가 선택받을 수 있는 것이다.

하늘의 별 따기라고 비유될 만큼 어려운 관문을 통과한 선수들은 대부분 아마추어 시절부터 소위 말해 '이름 좀 날린' 선수들이다. 특히나 상위 순번으로 지명된 선수들은 그야말로 그들의 리그에서 '전국구 스타'였다. 후 순위에 지명된 선수들일지라도 구단만의 사정으로 인해, 아니면 타이밍 내지는 운 정도로 볼 수 있는 요인으로 지명 순위에서 밀린 것일 뿐 프로에 지명됐다는 것만으로도 보통내기의 실력을 지닌 게 아니라고 볼 수 있다. 각종 대회에서 상을 휩쓸고, 아마추어는 무대가 좁다고 평가될 정도의 역량이라는 이야기를 들으며 성장해 온 만큼 많은 선수가 자신의 성공을 장담하며 프로 무대에 입성한다.

하지만 누구나의 예상처럼 그 장담은 모두에게 적용되지 않는 게 현실이다. 어쩌면 생각보다 더 극소수에게만 적용된다고 말해야 하는 건지도 모르겠다. 엄청난 경쟁률을 뚫고 그 어렵다는 '취업'에 성공한 선수들은 프로 무대라는 새로운 출발선에서 처음부터, 다시 시작해야 한다. 프로에 지명됐다는 기쁨도 잠시. 살아남기 위한, 눈에 띄기 위한, 자리 잡기 위한, 그들만의 무한 경쟁이 새로 시작되는 것이다. 경쟁자의 벽은 더 높아진다. 이제부터는 '프로선수'라는 같은 위치에 서서, 신인 선수부터 20년 차 베테랑 선수까지 같은 자격으로 서로를 이겨내야 하기 때문이다.

그렇다면 살아남기 위해서는 무엇이 중요할까? 어쨌든 가장 우선시 되는 근본은 야구 실력이다. 타고난 신체조건과 감각, 그리고 끊임없는 노력과 피나는 훈련으로 다져진 기본기와 기술. 그들이 아마추어 무대를 평정하고, 프로 무대에서도 좋은 활약을 펼칠 것으로 예상하게 만든 그 가능성은 일단 '야구 실력'에서 비롯된 것이다. 어쩌면 뻔할 만큼 당연한 이야기. 그리고 이 실력을 남들보다 더 갖췄다고 평가된 선수들이 구단으로부터 '빨리' 이름을 불리게 되고, 그 순간만큼은 그들의 성공 가능성이 상대적으로 높을 것으로 예상된다.

문제는 이 예상이 적중할 때도 있지만 그렇지 못할 때도 있다는 것이다. 쉽게 설명해 각 구단에서 가장 먼저 이름을 불린 1차 지명, 또는 1~2라운드 선수들이 모두 성공하는 것은 아닌 이유. 물론 치명적인 부상을 이전에 미처 관리하지 못했거나, 일신상의 이유로 선수의 개인 의지가 갑자기 꺾이게 된 경우 등 예상치 못한 변수도 충분히 존재한다. 오랜 시간 확실한 조사와 관찰이 이루어졌음에도 이것도 다 사람이 하는 일인지라 스카우트들의 눈이 틀린 경우도 때때로 발생할 것이다.

이렇게 변수가 선수 개인에게 있을 수도 있지만, 외부에 있는 경우는 훨씬 많다. 이 영역은 통제할 수 없다. 프로 부대에 발을 딛기까지도 죽을 만큼 힘들었는데 거기서 살아남기가, 그리고 한 걸음 더 나아가 성공하기가 훨씬 더 힘든 이유가 바로 여기에 있다. 운과 운명으로도 생각할 수 있는 그 영역. 이 지점이 마치 운명처럼 맞았던 그 과정을 거슬러 가본다.

이정후는 2017시즌 히어로즈가 호명한 신인 선수들 가운데 가장 먼저 부름을 받은 1차 지명 선수다. 지금은 전체 드래프트 형식으로 바뀌어 사라진 1차 지명 제도가 존재할 당시, 각 구단은 해당 연고 지역으로 분류되어 있는 고등학생 선수 중 딱 한 명을 전체 드래프트 이전에 지명할 수 있었다. 그 선택을 받은 선수들은 앞서 설명한 대로 잠재력과 성장 가능성이 그야말로 독보적이었다고 할 수 있다. 일단, 그 기대감에서는 남들보다 앞서간 것이다.

하지만 앞서 말한 대로 이 능력과 역량이 성공 보장의 100% 조건이 아니다. 이렇게 잠재력을 가진 선수를 선택한 구단이 그 선수를 어떻게 키워낼 것인가의 단계로 넘어간다. 물론 신인 선수를 선발할 때 있어 신중하지 않은 구단은 존재하지 않는다. 따로 스카우트팀이 존재하고, 그 팀은 1년 내내 아마추어 선수들을 눈여겨

보고 현재 팀 사정부터 장기적인 그림까지 그려가며 우리 팀에 필요한 선수를 선택한다. 그도 그럴 것이, 선수 한 명의 선발은 해당 구단의 현재의 투자이자 미래의 자산이다. 10년 멀리는 20년까지 우리 팀을 책임질 이 선수를 모두가 잘 키우고 싶다.

말 그대로 '잘' 성장해야 하기 위해서 관건은 선택과 집중, 그리고 방향과 속도다. 구단은 팀과 개인에게 모두 도움이 되는 방향을 연구하고 제시해야 한다. 반대로 선수는 자신과 팀 모두에게 긍정적인 방향을 검토하고 수용하는 자세가 필요하다. 적당한 인내와 기다림도 필요한 법이다. 이렇게 구단의 계획과 선수의 의지가 완벽하게 들어맞아야 한다.

여기에 운명처럼, 팀 사정도 맞아야 한다. 프로는 이기기 위한 무대이고, 프로구단은 이겨야만 하는 의무를 지니고 있다. 그저 성장과 육성만 생각할 수 없는 이유다. 아무리 걸출한 신인이 나왔다고 해도 신인이기 전에 프로 대 프로의 입장에서 더 잘하는 선수를 군이 빼고 신인 선수에게 그저 기회를 줄 수만은 없다. 반대로 최고의 라인업이 구축되어 있다고 유망주를 아예 배제한 시즌 운영은 위험하다. 그해에도 언제고 부상 등의 변수가 발생할 수 있고 장기적으로는 구성원 중 일부가 은퇴 또는 이적하는 상황까지 고려해야 하기 때문이다. 이렇게 성적과 성장을 동시에 생각해야 하기에 어렵다.

그렇기에 이정후가 신인부터 기회를 받을 수 있었던 건 개인의 역량과 함께 팀의 방향 그리고 상황적 운명이 합쳐진 복합적인 산물이라고 표현할 수 있겠다.

아무리 1차 지명 선수라고 해서 신인 선수가 프로 첫 시즌부터 바로 경기에 뛸 수 있는 것은 아닙니다. 심지어 개막 엔트리에 들기도 쉽지 않죠. 그런데 이정후 선수는 개막 엔트리에 포함이 됐고요, 선발 라인업에도 이름을 올렸습니다. 그리고 첫 경기부터 보란듯이 활약했는데요. 다만 이 모든 것들이 완성되기까지를 돌이켜보면, 아무리 신인 선수의 역량이 출중해도 기회를 받을 수 없는 상황일 수도 있는 거잖아요. 어떻게 가능했다고 보십니까?

저 같은 경우에는 팀에 처음 들어왔을 때 트레이닝 파트에서 무조건 웨이트 트레이닝을 시작해서 살을 찌우라고 했어요. 성인의 몸을 먼저 만들고 그 다음 기술적인 부분을 시작하기로 한 거죠. 그 전략 덕분에 일단 개막 엔트리에 들고, 경기를 뛸 수 있었던 게 아닌가 싶습니다.

고등학교에 있다가 프로 무대에 왔으니 이전과 달라진 웨이트 트레이닝 프로그램을 진행한 것과는 다른 의미가 있는 걸까요? 다른 팀과의 차이점이라던가요.

다른 팀이었다면 또 다른 방향성을 가지고 있었을 수도 있잖아요.

예를 들어 기술을 먼저 연마하도록 했을 수도 있죠. 그렇다면 저는 또 다르게 성장을 했을 거예요. 하지만 히어로즈가 저에게 제시한 방향은 성인의 몸을 만드는 게 우선이었어요. 그래서 팀에 합류한 11월부터 2월까지 계속 몸을 만드는 데에만 집중했어요. 그러나 보니 조금씩 몸이 커지고, 힘이 생기는 거예요. 사실 이제 막 고등학교에서 졸업한 선수가 프로에서 몇 년 동안 뛴 선배들 힘을 이길 수가 없거든요. 근데 그나마 쫓아갈 수 있을 정도로 만든 덕분에 제가 신인부터 경기에 뛸 수 있었던 거예요.

구단은 이정후에게 제시할 방향에 대해 수많은 고민과 논의를 거쳤을 것이다. 그리고 위와 같은 답을 내렸을 것이다. 하지만 여기서 중요한 건 그 방향이 정답은 아니었을 수도 있다. 그러나 그보다 더 중요했던 건 구단은 확신이 있었고, 그 제안을 이정후가 확실하게 수용하고 이행했다는 점. 그렇게 이정후와 히어로즈의 운명 같은 시너지가 시작됐다.

만약 다른 육성 방향을 가진 팀에 들어가게 됐다면 제가 이렇게 되지 못했을 거라고 생각해요. 입단하자마자 성인의 몸을 만들도록 준비해 주신 계획대로 비시즌을 보냈고, 덕분에 어느 정도 성인의 몸이 만들어진 채로 프로 무대에 데뷔할 수 있었어요. 이후에도 프로에서 좋은 육성 과정을 밟으면서 성장했습니다. 지금 이 나이에는 메이저리그에 도전할 수 있는 선수가 됐고요. 제가 만약 다른 구단에 갔다면 이렇게 될 수 있었을까, 그런 생각을 해요.

구단의 확실한 계획은 이정후의 프로 무대 연착륙의 발판이 됐다. 그리고 이는 프로에서 해를 거듭할수록 더 큰 효과를 발휘했다. 2022시즌 이정후와의 현장 인터뷰를 준비하면서 시즌별로 나아지는 그의 성적과 성장이 남다르게 느껴졌던 적이 있다. 이를 두고 매 시즌 새로운 '툴tool'을 하나씩 장착해 나가는 느낌이라고 표현했었다. 젊은 선수들에게서 흔히 볼 수 있는 그런 성장, 이를테면 프로 데뷔 초창기 적응기와 성장통을 겪으면서도 지난 시즌보다 소폭 타율이 오른다거나, 어려움을 겪던 변화구 대처에 능해졌다거나 하는 것과 다른 느낌이었다고 해야 할까.

말 그대로 새로운 '툴'이 하나씩 늘었다. 어느 해에는 압도적으로 타율을 높였고, 또 다른 해에는 비약적으로 타점을 늘렸다. 그리고 또 어느 해에는 신기하리만큼 삼진을 줄였고 언젠가는 예상치 못하게 홈런이 늘었다. 이를 두고 이정후는 '자연스러운 수순'이었다고 얘기했다. 바로 구단의 착실한 계획과 분석, 그리고 이정후의 연구와 노력이 모인 합작품이었다.

구단에서 플랜을 세워준 대로 꾸준히 몸을 키워갔어요. 단기간에 힘을 기르려고 무리한 게 아니었고요. 왜냐하면 제가 가진 가장 큰 장점을 잃으면 안 되니까요. 제 장점은 더 살리면서 몸을 키우는 과정 역시 한 해, 한 해 서서히 쌓아간 거죠. 그렇게 차츰 힘이 좋아지다 보니까 외야수에게 잡힐 타구가 넘어가고, 펜스에 맞을 타구가 담장을 넘어가면서 장타력이 좋아지더라고요. 모든 게 자연스럽게 만들어진 거예요.

자신의 장점인 컨택트 능력은 계속해서 발전시켜 나가면서도 힘을 키워야 한다는 구단의 제안을 허투루 생각하지 않았다. 그렇기에 갑작스러운 스타일 변화를 도모하지 않고, 자신의 장점도 잃지 않으면서 자연스럽게 삼진을 쉽게 당하지 않는 '툴'도 갖추게 됐고, 또 장타력이라는 새로운 '툴'을 장착할 수 있었다.

다만 사람인지라 그저 스스로 의지만으로는 흐트러지지 않고 지속력을 이어가는 것도 쉽지 않았으리라. 그럴 땐 좋은 동료가 옆에 있었다. 바로, 이정후가 우리나라에서 최고의 타자라고 생각하는 박병호 선수가 그 주인공 중 한 명이다.

우리나라에서 이정후 선수가 생각하는 최고의 타자는 누굽니까?
박병호 선배요.

이유는요?

4년 동안 같은 팀에서 생활했는데, 매일 일찍 나와서 경기를 준비하고 연습하는 걸 다 선배님께 배웠어요. 이렇게 가까이서 보고 느낀 게 지금 선배님이 남긴 기록도 정말 대단한데 그보다 선배님이 한 경기를 위해 준비하는 그 과정이 더 대단하다는 점이에요. 괜히 최고의 타자가 되신 게 아니라는 걸 느꼈죠.

좋은 선배는 그 자체로 좋은 본보기가 되었다. '최고의 타자는 어떻게 경기를 준비할까.' 누군가에겐 평생의 미결 과제로 남을 이 해답이 바로 곁에 있었다. 프로 무대에서 정상의 자리를 경험해 본 선배의 오랜 노하우를 바로 옆에서 보고 따라 할 수 있는 것만으로도 젊은 선수에겐 커다란 축복이자 행운이다. 이정후는 그 운을 놓치지 않으려 했다. 그리고 그 선배는 그런 후배를 기특해하며 눈에 보이게, 때로는 보이지 않게 많은 도움을 주었다. 올바른 성장을 바라는 마음과 진심이 담긴 존경이 오가는 긍정적인 선순환이었다.

여기에 이정후에게 박병호라는 존재는 남다른 이유가 또 하나 있다. 그저 좋은 말을 해주고, 본받을 만한 행동을 보여주는 게 전부가 아니었다. 내가 간절히 꿈꾸는 메이저리그 진출을 실제로 이뤄냈던 선배. 그렇기에 그의 본보기는 특히 더 귀감이 되고 살로

와닿았다.

박병호 선수를 포함해 다른 선배나 동료들의 영향도 컸을 거라고 생각합니다.

그렇죠. 동료, 특히 선배들. 우리 팀에 온 덕분에 이렇게 좋은 선배들을 만날 수 있었고요. 같은 팀이기에 그들의 발자취나 메이저리그 진출이 특히 더 와닿았던 것 같아요. 다른 팀에서 '키움 히어로즈의 김하성이라는 선수가 메이저리그에 진출하는구나.'하고 생각하는 것과 그 김하성 선수가 바로 옆에서 저를 지켜보고 직접 조언해주는 선배인 것은 차원이 다르잖아요.

입단 당시 이미 전성기를 달리던 하늘 같은 선배의 본보기도 큰 도움이었지만, 때론 친형처럼 때론 친구처럼 막역하게 지내던 김하성이라는 동료이자 선배는 그에게 또 다른 교훈이자 동기부여였다. 같은 팀의 일원으로서 서로에게 의지하며 팀의 좋은 성적을 위해 힘을 모았고, 각자의 더 큰 꿈을 지지하고 격려했다.

함께 꿈을 꾸던 둘 중 형은 먼저 메이저리그에 진출했다. 인상적인 성적을 남기며 좋은 소식을 전해오는 건 보너스 같은 행복이다. 그리고 더 어린 날의 김하성이 새로운 목표를 품고, 마침내 자신의 꿈을 이루기까지 선배들의 많은 도움이 있었던 것처럼 이제는 그가 선배가 되어 그 도움을 나눠주고자 한다. 덕분에 이정후는 더 큰 용기를 얻는다. 뜬구름 잡는 듯한 막연한 조언이 아닌 살에 와닿는 실질적인 한마디. 덕분에 메이저리그라는 꿈도 그들만의 무대가 아닌, 충분히 실현 가능한 꿈이라는 것도 확신하게 됐다.

배우고자 하는 의지가 큰 후배는 선배의 말을 귀담아들었고, 그런 후배가 대견한 선배는 자신의 훈련 루틴을 아낌없이 공유하고 전수하며 후배의 성장을 바랐다. 그렇게 야구인들이 표현하는 히어로즈만의 문화가 계속해서 계승되는 것이었다.

그렇게 그는 자연스럽게 야구 외적인 '툴'도 새로 장착하게 됐다. 바로 리더십. 메이저리그 스카우트들이 이정후에 관심을 보이고 집중한 여러 가지 역량 가운데 야구 외적인 요소도 포함돼 있다는 게 화제였다. 바로 '젊은 리더'로서의 모습. 메이저리그에서 뛰던 시절 출중한 실력 이면에 다소 악동 같은 면모를 보였던 푸이그 선수가 KBO리그에 왔을 때 경기 중간중간 그를 다독이는 이정후의 모습. 2022시즌 한국시리즈 6차전에서 사실상 승부가 기울었을 때 동료 선수들을 독려하며 팀 분위기를 바꾸고자 했던 모습. 여전히 젊은 나이임에도 팀 내에서 리더를 자처하는 모습은 이정후의 새로운 매력이었다.

리더를 할 수 있는, 또는 해야 하는 나이가 정해져 있는 건 아닙니다.

다만 다른 팀과 비교해봤을 때 상대적으로 젊은 나이인 만큼 그런 역할을 하지 않아도 상관은 없지 않습니까? 그럼에도 그렇게까지 책임감을 느낄 수 있는 데에 특별한 이유가 있을까요?

제가 했던 건 그렇게 거창한 일은 아닙니다. 후배들에게도 어떻게 해야 한다고 따로 말하거나 하지도 않아요. 그저 제가 운동장에서 보여주는 겁니다. 더 열심히 하고, 한 발 더 뛰는 모습을 보여주면 후배들도 보고 함께하지 않을까 생각해요. 제가 그렇게 배웠거든요. 저도 형들을 보면서 하나하나 따라서 하면서 이렇게 성장했다고 느낍니다. 그래서 제가 물려받은 이 좋은 전통을 계속 이어가고 싶다는 마음이에요.

그만큼 선배들에게 좋은 영향을 받았다는 이야기겠네요.

좋은 선배들을 만나서 그 밑에서 야구를 하다 보니까 좋은 영향을 많이 받았죠.

내가 좋은 영향을 받은 만큼 더 많은 사람이 함께 이 효과를 누리길 바라는 선한 마음. 동업자로서 선의의 선후배 문화가 존재하는 야구계일지라도, 그전에 치열한 경쟁을 통해 살아남아야 하는 개인 사업자로서 오래도록 쌓아온 자신만의 비밀병기를 '쿨하게' 공유하는 게 당연하거나 쉬운 일은 아닐 것이다. 하지만 좋은 마음이 좋은 분위기를 만들고 이는 모두가 바라는 좋은 결과로 이어진다는 긍정적인 단합이 건강한 팀 문화를, 그 속에서 건강한 선수이자 사람을 만들고 있는 것이었다.

그리고 2023시즌 이정후는 처음으로 팀의 주장을 맡았다. 어려움도 크지만 이를 극복하며 얻게 되는 또 다른 경험치는 그의 새로운 툴이 될 것이다. 그렇게 새로운 경험을 축적하며 더 큰 무대를 바라본다.

혹시 다른 팀에 입단해서 성장했다면 이런 생각이 아닐 수도 있었을까요?

그런 생각은 한 번도 해보지 못했는데, 제가 다른 팀에서 야구를 했으면 어떻게 됐을까요? 팀마다 스타일이 다르긴 하지만 지금 정도까지는 되지 않았을 것 같다는 생각은 듭니다.

좋은 분위기를 갖고 있는 조직에 속하는 것, 그리고 주변에 좋은 사람이 있다는 것. 이 두 가지가 얼마나 중요한지 다시 한 번 느끼는 시간이었다.

13

목표 설정, 하나 더

할 만큼 했다는 표현은 맞지 않는 말인 것 같습니다.

할 만큼 한 게 어디 있겠어요.

할 게 또 생길 텐데요.

일 안에서도, 일상 안에서도. 어제보다 더 나아진 자신을 그리는 건 모든 사람의 희망 사항이자 평생 과제다. 어느 분야에서건 모든 걸 다 잘하는 사람은 없다. 정도의 차이에서 누구나 허점을 가지고 있다. 아무리 타고났다는 소리를 듣는 사람도 그저 하던 대로만 할 수 없고, 그러면 안 되는 이유가 여기에 있다. 그 아쉬움을 메우고 대신하기 위해, 그렇게 조금씩 전보다 더 발전한 내 모습을 꿈꾸기에 우리는 고민하고 고뇌한다. 그래서 삶 속의 스트레스 역시 떼려야 뗄 수 없다. 하지만 그만큼 더 큰 보람을 느끼기에 늘 진보를 도모한다. 그리고 이 적절한 긴장과 보상은 우리 삶에 활력을 불어넣고, 이는 자신을 점점 더 앞으로 나아가게 만드는 원동력이 된다.

우리가 더 나아지고 싶은 이유. 그 속엔 각자만의 목표가 담겨 있다. 그리고 이 목표 설정에 따라 삶의 방향도 크게 달라질 수 있다. 같은 역량을 지니고 같은 위치에 서 있는 두 사람일지라도 어떤 각오와 포부를 품느냐에 따라 이 두 사람의 최종 종착지가 달라질 수 있다는 점. 때로는 한계를 뛰어넘게도 만드는 그 힘이 바로 목표 설정이라는 중요한 과제 속에 담겨 있다.

그렇기에 이 목표 설정의 중요성은 아무리 강조해도 지나침이 없다. 여기서 관건은 어떻게, 어떤 목표를 설정하느냐. 누구나 뚜렷한 목표를 설정하고 싶고, 올바른 방향으로 가고 싶지만, 그저

150   마음만 잘 먹는다고 해서 가능한, 쉬운 일이 아니다. 내가 그리는 지점이 명확히 있어야 하고, 상황을 잘 읽어야 한다. 그리고 가장 중요한 건 자신을 객관화하면서도 어느 정도 현실 가능성이 있는 이상도 품고 있어야 한다는 점. 그리고 이렇게 그려낸 목표를 어떻게 이뤄갈 것인가 하는 전략 역시 중요한 부분 중 하나다.

야구선수는 기록과 수치로 정리되는 정량적 평가를 받는 숙명을 안고 있다. 그래서 이들은 큰 틀에서의 자신의 지향점과 함께 기록과 수치라는 각자만의 뚜렷한 목표를 세운다. 다만 의외로 놀라운 사실은 모든 선수가 자신의 목표를 확실하게 설정하고 있지는 않다는 점이다.

명확한 목표가 없다고 해서 잘못됐다고 표현할 수는 없다. 하루하루 그저 생존하기만으로도 급급한 선수들에게 이 목표 설정이라는 건 어쩌면 사치일 수도 있다. 어떻게든 기회를 받기 위해 존재감을 내비쳐야 하고, 그 한정된 기회를 살리기 위해 앞만 보기에도 버거운 처지에 놓인 선수들에게 목표를 그리고 있을 겨를이 없을 수 있다는 것이다. 다만 그 속에서도 자신이 반드시 이뤄내고 말겠다는 확실한 계획과 생각이 있는 선수들은 분명 존재했다. 그리고 그들은 언젠가 잠재력을 발산했다. 반대로 그저 하루에 최선을 다하며 순간에 충실하기만한 선수의 한계는 분명히 있었다.

올해는 반드시 퓨처스리그(2군 리그)에서 어떤 타이틀이든 차

지하겠다는 목표, 또는 몇 년 안에는 반드시 1군 진입에 성공하겠
다는 각오, 내지는 어떤 유혹에도 자신과의 약속을 끝까지 지키면
서 나의 한계를 뛰어넘겠다는 의지. 이런 확실한 생각을 품고 있
는 선수들은 대개 어떤 방향으로든 성공하는 모습이었다. 그들에
겐 조금 늦더라도 더 힘을 낼 수 있는 동기부여가 늘 있었으며, 비
록 실패하더라도 스스로만큼은 후회 없는 그 시간이 어떻게든 긍
정적으로 작용했다.

반대로 시키는 것만큼은 최선을 다하고 있다거나, 그저 하루
하루에 충실할 뿐이라거나, 주어진 상황 속에서 열심히 하고 있다
는 선수들은 보통 오래 살아남지 못하거나 그 이상을 넘어서지 못
했다. 이유는 대개 지도자들이 그들의 의욕을 높이 평가하지 않았
고, 비슷한 역량의 두 선수 중 한 명을 선택해야 하는 상황이라면
다른 선수에게 기회를 주면서 서서히 잊혀 갔기 때문이다. 여기서
안타까운 것은 그들 역시 하루를 치열하게 살지 않은 건 아니라는
점이다.

저마다의 위치에 따라 얼마나 세부적으로 목표를 설정하느냐
에 대한 차이는 있을 것이다. 지금의 이정후처럼 '자리를 잡는 과
정'을 거쳐 한 단계 넘어섰다고 하자. 자신만의 데이터가 어느 정
도 쌓인 만큼 또 다른 접근으로 목표를 세울 것이다. 그 과정이 더
쉬울 수도 있고 더 어려울 수도 있다. 기반이나 근거가 있지만, 그

만큼 고려해야 할 것도 많기 때문이다. 더불어 KBO리그에서 활약하는 모든 선수와의 경쟁에서 이겨야 하는 것은 당연하고 나 자신과의 싸움에서도 승리해야 한다. 그렇기에 너무 자만해서도 안 되지만 너무 겸손해서도 안 된다.

시즌 전 목표를 어떻게 세우는 편입니까?

타율에 대한 목표는 정해져 있어요. 3할 8푼. 이건 확실히 있고요. 이 타율 말고는 '작년보다 하나 더'. 딱 그것뿐이에요.

워낙에 기준치가 높다 보니까 조심스러운 이야기이긴 합니다만, '하나 더' 보다 더 큰 욕심이 있지 않을까 생각했습니다.

이 '하나 더'가 너무 힘들어요. 정말 힘듭니다.

마음은 알 것 같습니다.

제가 올해보다 더 좋은 성적을 거두더라도 내년 시즌에 저보다 더 잘하는 선수가 있으면 제가 MVP가 될 수 없어요. 만약 제가 타율 3할 8푼에 홈런 30개를 치고, 120타점을 기록했다고 하면 MVP라고 해도 손색없는 성적이잖아요. 그런데 3할 8푼 1리에 홈런 31개, 121타점 선수가 등장한다면 그 선수가 저보다 잘하는 선수예요. 그래서 그 하나 늘리는 거에 정말 투자를 많이 하는 것 같아요.

하나 더. 이 '하나'를 위한 투자. 리그에서 뛰는 수백 명과의 경

쟁인 동시에 나 자신과의 싸움이 이 '하나'라는 단어에 담겨 있었 **153**
다. 남들보다 잘하면서 나를 뛰어넘는 기록. 2022시즌을 기준 삼
아 하나 더를 목표로 한다면 그 기록이 194안타 114타점이다. 리그
에서 잘한다는 선수들도 평생 한 번 기록하지 못할 수도 있는 높
은 수치. 하지만 이게 이정후가 말하는 '하나 더'를 의미하는 기록
이다. 그의 말대로, 말 그대로, 그 자체만으로 너무 어렵고 높은 목
표지점이다.

한편으론 이 정도 할 수 있다는 걸 알았으니 훨씬 더 높은 곳
을 바라볼 법도 하다. 어느 정도 자신감이 오른 사람이라면 대폭
상승을 그리며 더 큰 짜릿함을 느끼고 싶어 하는 본능을 가지고
있게 마련이니까. 하지만 이정후는 이런 순간에는 오히려 덤덤히,
차근차근 나아가고자 한다. 앞서 언급한 대로 '하나 더' 해내는 것
만으로도 리그를 통틀어 어려운 목표치라는 점이 대전제이겠지만,
그 어려운 지점에서 소폭 나를 넘어섰다는 것도 큰 성과이기 때문
에. 더불어 무리하게 목표를 세웠다가 오히려 탈이 날 수도 있는
일이다. '하나 더' 적절한 겸손과 적절한 욕심이 담긴 목표다.

하나라는 숫자에 이렇게 많은 감정과 생각이 담길 수 있다는
걸 새삼 느낀다. 한 개. 작아 보일 수 있는 이 숫자로 인해 때로는
여유로운 마음을 가져볼 법도 하지만, 이 한 개에 몰입한 나머지
시야가 좁아질 수도 있다. 작년보다 페이스가 더뎌도 다른 날 '하

나씩' 만회하면 되겠다고 안도해보는 날도 있겠지만, 동료의 실수나 아쉬운 판정 '하나'로 인해 내 목표가 실패로 돌아갈 수도 있으니까.

이렇게 세운 목표가 나를 조급하게 만든다거나 생각을 갇히게 하진 않나요?

그렇진 않습니다. 144경기가 모두 끝나야 내 성적이 나오는 거니까요. 어느 순간에 좋은 성적이 나오든 반대로 좋지 않은 성적이 나오든 그건 최종적으로 제 성적이라고 생각하지 않아요. 잘하고 있다면 유지해야 한다는 마음으로, 못하고 있다면 결국 달라질 거란 믿음으로, 순간에 얽매이려 하지 않습니다.

그렇다고 초조하고 불안하지 않은 순간이 아예 없지는 않을 것이다. 그리고 목표를 세운다고 언제나 달성할 수 있는 것도 아니다. 하지만 이렇게 목표를 품고 있는 이상 그는 언제나 앞으로 나아가고자 한다. 실패를 맛보더라도 목표라는 기준점이 있었으니 그 실패를 분석할 수도 있다. 이는 또 새로운 한 해의 좋은 밑거름이 된다. 말 그대로 선순환이다.

큰 틀에서 본다면 목표를 단계별로 설정해서 이뤄가나요, 아니면 큰

목표를 설정해서 그 안의 과정을 하나씩 채워가나요?

단계별로 설정하는 편이라고 생각합니다. 3년 차까지의 목표가 있었고, 다음에 세운 목표가 있었죠. 그리고 해외 진출, 그 이후. 이렇게 그려 나가고 있는 것 같아요. 근데 이렇게 목표를 세워 놓기는 하지만, 막상 시즌에 들어가면 하루하루 최선을 다하기 바쁩니다.

지금 시점에서 가장 가까운 목표와 가장 먼 목표는 무엇입니까?

1년 뒤도 솔직히 멀잖아요. 그래서 먼 목표는 메이저리그 진출이고요, 가까운 목표는 2023시즌 잘하는 거예요. 그 전의 목표는 WBC에서 좋은 활약을 하는 거고요. 이렇게 계속 단계적으로 가다 보면 그때마다 좋은 결과가 있는 것 같아요.

크게 보면 단계적으로 목표를 설정하지만, 작게 보면 그 단계적인 목표를 길게 생각하고 하루하루에 몰입하는 것. 그러니까 계획의 과정과 수립의 과정을 달리 접근하고 다른 마음으로 임하는 게 비결이다. 그렇기에 하루에 충실하면서도 그 하루에 일희일비하지도 않을 수 있는 것.

목표를 너무 멀리 잡으면 현실성이 떨어지지만, 너무 가까이 잡으면 빠르게 지치기도 하지 않습니까?

비시즌에 이렇게 쉴 수 있잖아요. 그 안에서 재미를 찾는 거죠. 짧게 잡으면 제가 더 열정적으로 변할 수 있어서 좋습니다.

그의 표현대로 재미와 열정을 모두 가져가는 법. 어느 정도 잡힐 듯한 목표를 세움으로써 빠르게 성취감을 느끼고, 이는 또 새로운 도전의 자양분이 된다. 여기에 모두에게 똑같이 흐르는 시간 속에서 목표를 이뤄나가는 과정만큼은 스스로가 그 기간을 멀고 길게 체감한다. 그로써 그 안에서 충분한 쉼과 여유를 느낄 수 있는 것이다. 그렇게 에너지를 잃지 않으면서 추진력을 이어간다.

목표 수립부터 달성까지. 단순한 듯 보이지만 단순하지 않은 작업. 모두에게 필요하지만, 모두에게 어려운 숙제. 하지만 정답도 없다. 각자만의 성향과 태도가 다른 것처럼 A에게 꼭 맞는 목표 설정과 수립 과정이 B에게는 전혀 맞지 않는 방법일 수도 있다. 다만 힘을 내야 하는, 힘을 낼 수 있는 확실한 이유, 그러니까 나만의 구심점이 있어야 한다는 건 모두의 목표 설정에 필요한 과정의 '정답' 중 하나일 것이다. 어떤 방향이건 우리를 나아가게 하는 가장 근본적인 힘은 바로 여기에 있기 때문이다.

그중에서도 절대 흔들리지 않는 중심은 무엇입니까.

최고의 야구선수가 되는 것.

어느 무대에서든.

158   그렇죠. KBO리그 최고, 국가대표 최고. 그리고⋯

　　니체가 말했다. 왜 살아야 하는지 아는 사람은 그 어떤 상황도 견딜 수 있다고. 최고가 되고 싶다는 그의 마음은 어떤 상황이건 그를 버티게 하고, 나아지게 만든다. 그리고 여기서 그에게 있어 최고가 되고자 하는 무대는 무궁무진하다. 비단 리그-대회에 국한되지 않는다. 성적에만 한정된 것도 아닐 수 있다. 어느 영역에서건 '야구선수'로서 최고가 되겠다는 각오. 이 마음이 이정후의 무한 성장과 무한 도전을 만들었다. 이는 무한 확장으로 이어진다. 야구선수로서. 최고가 될 수 있는 영역은 무한하다. 현시점에서 리그 MVP나 타격왕뿐 아니라, '최고로' 팬들의 사랑을 받았다는 증거인 올스타 팬 투표 1위도 그중 하나일 것이다.

　　그래서 묻지 않아도, 듣지 않아도 알 수 있다. 그에게 목표의 종착지는 적어도 지금은 의미가 없으니까.

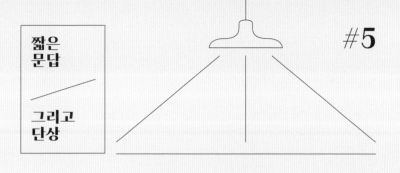

과거- 현재 - 미래 중 가장 중요한 것은 무엇입니까?

현재죠. 과거는 지나간 거라 크게 의미를 부여하지 않는 것 같아요.
어린 시절의 추억 같은 것이 소중하긴·하지만 되돌아갈 수 없는 시간이고요.
미래는 앞으로 다가올 날인데 더 좋은 날이 오려면 지금,
현재를 충실하게 살아야 한다고 생각해요.

• • •

현시점에 야구선수 이정후는 과거와 현재, 미래가 모두 특별하다. 시대를 대표
했던 야구선수 이종범의 아들로 주목받았던 과거. 리그를 대표하는 타자로 올
라서 이정후 그 자체로 인정받는 현재. 그리고 새로운 도전과 함께 더 큰 무대
에서 활약하고 있을 미래.

과거가 이정후를 만들었는지, 현재가 이정후를 만들고 있는 건지, 미래가 이정
후를 만들게 될지 궁금했던 질문이었다. 답은 역시 현재였다. 가장 중요한 건
바로 지금인 그 순간을 충실히 살아야 한다는 것. 그렇게 노력이 담긴 과거가
모여 현재를 만들었고, 의미를 담은 현재가 모여 미래가 될 것이다.

과거는 지나간 추억일 뿐이고 미래는 아직 오지 않은 일에 불과하다고 했다.
지난 과거에 얽매이느라, 혹은 모르는 미래를 걱정하느라 현재를 망칠 수는 없
다. 어떤 과거를 통해, 어떤 지금을 거쳐, 어떤 미래를 만들지는 내가 결정하는
것이다.

14

꾸준함

이정후가 생각하는 잘하는 타자의 기준은 뭡니까?

꾸준함입니다.

　　어느 정도 일이 눈에 들어오기 시작한 후부터 가장 궁금했고, 지금까지도 풀리지 않는 난제가 하나 있다. 바로 가장 잘하는 타자의 기준은 뭘까. 그저 '잘 치는' 타자가 아니라, '잘하는' 타자의 기준이 궁금한 것이다. 한창 활약하는 현역 선수부터 화려한 선수 시절을 마친 은퇴 선수, 현장 안팎에서 만날 수 있는 수많은 관계자와 이야기를 나누다 보면 잘하는 선수의 기준은 저마다 다르다.

　　'저 선수 참 야구 잘해.' 라는 이야기를 들으면 '어떤 이유로?' 라는 생각이 들 때가 있다. 야구를 잘한다는 걸 받아들이기 어렵다는 뜻이 아니라 어느 기준으로 야구를 잘한다고 말하는 걸까 하는 궁금증이다. 야구를 잘한다는 선수들은 세상에 많은데, 그 중에서 잘하는 타자는 뭘 잘해야 잘한다고 인정받을 수 있는 걸까.

　　가장 직관적으로는 야구 성적으로 이야기할 수 있겠다. 하지만 어려운 건 그 야구 성적 중 야구선수로서 가장 잘한다고 평가할 만한 기준이 되는 기록이 무엇인지에 대해서는 의견이 분분하다. 기록의 스포츠라 불리는 야구는 그만큼 수많은 기록이 존재하기 때문이다. 타율이 높을수록 잘하는 타자인지, 홈런을 잘 칠수록 잘하는 타자인지, 아니면 출루율이 높을수록 잘하는 타자인지, 또는 주자를 불러들이는 타점 능력이 준수한 선수가 가장 잘하는 타자인지. 사람마다 야구에서 중요하게 생각하는 요소가 다르기에 이에 대해선 정답이 없을 뿐 모두의 의견도 각자만의 일리가 있다.

162 그래서 이 기록이라는 수치로 모두가 동의할 만한 잘하는 타자를 정의하기는 힘들 것 같다.

정답이 없는 논제. 의견이 분분한 가운데 수많은 전문가들이 지금 시대에서 가장 잘하는 타자 중 한 명으로 이정후를 꼽는다. 그의 안타 생산 능력은 가히 독보적이다. 현시점에서도 그렇지만 KBO리그 역대 통산 기록으로 살펴봐도 최상위권에 든다. 그만큼 고타율을 유지할 수 있고, 여기에 선구안이 좋고 삼진을 잘 당하지 않기에 출루율도 좋다. 그렇기에 주자가 루상에 있을 때는 허무하게 돌아서는 경우가 적다. 어떻게든 인플레이 타구를 만들어 주자를 불러들이는 클러치 능력도 좋다. 여기에 힘이 더해지면서 홈런이라는 새로운 무기까지 장착해 나가고 있다.

2022시즌 대한민국에서 가장 잘 친 타자. 한 분야의 정상이 아니라 다양한 분야에서 최고의 자리를 차지해본 타자. 그런 선수가 정의하는 가장 잘하는 타자의 기준은 뭘까. 그의 대답은 꾸준함이었다.

제가 신인 첫해를 마치고 진행한 마무리 훈련에서 다 같이 등산을 간 적이 있어요. 그때 당시 감독님께서 저에게 해주신 말씀이 기억에 남는데요. 프로에서 최소 3년은 해야 그 선수의 평균값이 생긴다는 거예요.

데뷔 첫해 역대급 신인의 정점을 보여줬죠. 신인이 세울 수 있는 여러 신기록을 경신하고, 이견 없는 신인왕을 차지했어요. 그런데 3년은 쌓여야 한다…

네. 그 당시에 이제 프로에서 1년밖에 안 했고, 내년엔 또 어떻게 될지 모르기 때문에 2-3년은 더 참고 야구에만 집중해야 한다고 말씀해주셨어요. 어렵겠지만 그걸 견뎌내면 남들이 봤을 때 정말 대단하다고 생각하는 평균값이 생길 테니까 2-3년만 참고 열심히 하라고요. 그 말씀이 와닿았고 그 외에는 별다른 생각이 없었기 때문에 그저 믿고 열심히 했거든요. 근데 그렇게 하고 나니까 이후에는 제가 아무리 못하고 있더라도 결국엔 제 평균으로 끝이 나더라고요. 그 평균값이 만들어지기 시작한 거죠.

인고의 시간이 원하는 결과를 만든다는 건 만고불변의 원칙이다. 중요한 건 다음 단계. 그렇게 만들어진 결과가 꾸준해지면 평균값이 되고, 그 평균값이 꾸준해지면 기본값이 된다는 원리. 단순하지만 그래서 언급하지 않는, 어쩌면 그렇기에 누군가는 평생토록 체감할 수 없는 이 원리를 이정후가 신인 첫해를 보내고 직접 들을 수 있었다는 건 큰 축복이었다. 그리고 이게 성과로 이어질 수 있었던 건 이 '당연하고 단순한' 이야기를 신인 이정후가 깊게 새겨들었다는 점이다.

제가 이제 프로에서 6년을 했는데 아직 짧다고 생각해요. 저는 아직도 다음 시즌에 무슨 일이 일어날지 모른다고 생각하거든요. 이 꾸준함이 최소 10년은 쌓여야 남들이 흉내 내기 어려운 그런 경력이 생기는 거라고 생각합니다.

여전히 그는 자신의 평균값을 유지하기 위해 애쓴다. 아직 기본값이 되지 않았다고 생각하기 때문이다. 그도 그럴 것이 해를 거듭할수록 이 꾸준함이 더 어렵다는 걸 몸소 느낀다. 기대감은 점점 높아지는데 그만큼 견제도 까다로워진다. 프로에 적응했고 훈련도 체계화되는 만큼 기술과 능력은 향상되는데 내가 헤쳐갈 장애물은 더 높아지는 느낌이다. 더 노력하지만, 더 마음처럼 되지 않는 아이러니.

이 꾸준함이 가장 중요하다는 건 언제 깨달았나요?

프로선수가 된 이후에 알았어요. 꾸준하기가 정말 힘들다는 걸 느꼈죠. 아무리 잘하는 선수여도 다음 시즌에 못하는 경우가 나오는 것처럼요.

나 자신을 통해, 주변을 통해 느꼈을 것이다. 꾸준함이 얼마나 힘든 일인지를. 사람도, 기술도, 환경도, 세상도 발전하고 진보한다. 그래서 하던 대로만 해선 성장은 차치하고 수성도 불가능하다. 남들이 하는 것, 남들이 생각하는 것 그 이상의 노력을 기울여야 가질 수 있는 꾸준함. 그래서 이정후는 주변의 '꾸준한 선수'를 보면 존경심이 든다.

앞서 말했듯 KBO리그에선 그 대상이 바로 박병호 선수다. 매 순간을 한 치의 흐트러짐 없이 준비하는 과정. 한 경기를 위해, 한 타석을 위해, 한 타구를 위해, 열정을 쏟는 그 모든 과정이 박병호가 지금까지 만들고 남긴 대단한 기록보다 훨씬 더 대단하다고 표현했다. 지금도 최고의 자리에 서 있을 수 있는 비결을 몸소 보여준 선배. 바로 박병호다.

시선을 해외로 돌리면 일본의 이치로 선수가 있다. 일본프로야구를 그야말로 제패하고 메이저리그에 진출해서도 역사적인 기록을 남긴 전설적인 선수. 그를 존경하는 이유는 야구에 있어서만큼은 자기 자신과 일말의 타협이 없는 선수라는 생각이 들어서다. 그만큼 모든 생활이 야구에 초점이 맞춰져 있는 선수. 자신과의 약속을 한 번도 어긴 적이 없다고 할 만큼 한결같은 마음으로 야구를 대했기에, 자신의 노력이 자신을 최고의 자리로 이끌었다고 당당하게 이야기할 수 있는 것이었다.

가까이 있는 모범의 대상, 먼발치에 있는 동경의 대상을 바라보며 앞으로 가져가야 하는 자세를 배운다. 지속이라는 건 평생 어렵겠지만 그럼에도 헤쳐가야 하는, 헤쳐갈 수 있는 비결을 롤모델에게서 발견한다. 잘하려면 꾸준해야 한다. 그러니까 꾸준한 타자가 잘하는 타자다. 이정후가 정의한 '잘하는 타자'의 기준. 뭐든 '잘하는 사람'의 기준에도 적용될 이야기다.

그날의 감정을 다시금 떠올리다 보니 이치로의 명언 중 평소에 좋아했던 한 마디가 떠올랐다.

'끝까지 해낸다는 것 자체가 재능이다.'

15

슈퍼스타의
아들로 산다는 것

어려움이 많았을 텐데 그럼에도 야구를 하겠다고 생각한 이유는 무엇입니까?

할 수밖에 없었던 운명이었던 것 같아요.

어렸을 때부터 집에서 보이는 모든 것이 다 야구였어요.

환경 자체가 그랬다고 해야 할까요?

다른 건 생각해볼 틈도 없이 그저 야구였던 것 같아요.

이정후가 대중에게 가장 먼저 세상에 알려지기 시작한 수식
어는 '이종범의 아들'이었다. 그만큼 아버지가 유명한 사람이었고
그의 후광이 컸다. 야구를 시작하기 전에도 그는 모르는 사람들로
부터 '아빠가 이종범' 내지는 '이종범의 아들'이라는 이야기를 들
었다.

야구를 시작하고 난 이후부터는 그 영향력이 더 커졌다. 야구
선수로서 이정후의 '성공 가능성'이 미지수일 때는 특히 더 그랬
다. 지금도 이정후의 인터뷰를 살펴보면 알 수 있듯 어릴 때나 지
금이나 오히려 아버지는 자신에게 야구에 대한 이야기는 잘 하지
않는다는데. 주변에선 야구를 시작한 이정후에 대한 모든 관심 속
에 아버지를 떠올렸고 언급했다.

사실 '아이' 이정후에게는 눈으로 보고 감으로 느낀 아버지와
의 추억보다 살을 맞대고 마음을 나눈 어머니와의 기억이 훨씬 더
크다. 1년 중 절반 이상을 경기와 훈련 일정으로 가족과 오랜 시간
을 함께할 수 없는 야구선수 아버지의 어쩔 수 없는 숙명 탓이다.
하지만 어머니만큼이나 아버지로부터 받은 긍정적인 영향력 역시
선명하다. 바로 집 안 내 곁에는 어머니가, 그리고 앞에 있는 TV
속에는 아버지가 있었기 때문이다.

어릴 적 아버지에 대한 기억은 어떻습니까?

정말 멋있었어요. 그래서 저도 자연스럽게 야구를 하고 싶다는 생각이 들지 않았을까요? 운동신경 이런 걸 떠나서 아버지가 너무 멋졌으니까요.

그 안에는 다양한 포인트가 있을 것 같은데요. 그 중에서도 어린 이정후는 왜 아버지가 멋있어 보였을까요?

환경적으로 멋있어 보일 수밖에 없었다고 해야 할까요. 일단 집에 아버지께서 받으신 트로피가 엄청 많고요. TV를 틀면 아빠가 나와요. 얼마나 유명한 선수인지도 알 만할 정도였어요. 그래서 아빠가 세상에서 제일 멋진 사람으로 느껴졌어요. 아빠가 하는 야구가 제일 멋진 스포츠라고 생각이 들었죠. 당연한 과정처럼 생각이 흘러간 것 같네요.

그렇게 같은 길을 걸어왔기에 대중들이 아버지의 존재감에 더 주목하는 게 사실입니다. 하지만 그 전에 어머니의 영향력이 훨씬 컸을 텐데요. 지금의 이정후가 있기까지 어머니는 어떤 도움을 주셨을까요?

활동적으로 성장할 수 있게 많이 도와주셨어요. 실내보다 야외로 데려가 주셨고, 하고 싶은 게 있다면 다 하게 해주셨죠.

어머니는 야구선수로 성장하기 위한 가장 기본적인 밑거름을 만들어줬다. 좋은 운동신경을 마음껏 발산할 수 있는 환경을 마련해줬고, 넓은 세상을 마음껏 누빌 수 있도록 열린 마음으로 품었다. 긴 수식이 필요 없는 엄마의 사랑으로. 그저 씩씩하고 건강하게, 그리고 바르게 자라길 바랐다. 그러면서도 다른 어머니들과는 또 다를 수 있는 그녀만의 고충도 헤아려본다. '이종범의 아들'의 엄마로서. 아이의 성장뿐 아니라 더 많은 걸 함께 생각하고 신경 써야 했기 때문이다.

어릴 때 어머니께서 가장 강조하셨던 게 있다면 뭐가 있을까요?

항상 배려해야 한다고 하셨어요. 나는 잘 알려진 아빠를 둔 아들이기 때문에 무언가를 하고 싶더라도 할 수 없는 순간에는 참아야 한다는 거죠.

기억에 남는 이야기가 있다면요?

예를 들어 저희가 열 명인데 빵이 아홉 개 있다고 한다면 제가 안 먹는 거죠. 혹시나 괜히 뒷말 나오는 것보다 그게 편하니까요. 그래서 엄마가 그렇게 말씀하셨던 것 같아요.

똑같이 친구고 어린 앤데 그게 싫었을 수도 있는 거 아닙니까?

그러진 않았어요. 그냥 '알겠어요' 라고 답했던 것 같아요. 아무래도 아빠 영향이 컸겠죠.

아빠 욕먹게 하기 싫으니까…

그렇죠.

얻은 것만큼 잃는 것 역시 많을 수밖에 없었다. 가장 편한 방법이 포기였다. 같은 다툼 속에서도 더 많은 걸 잃을 위험이 크다는 걸 알았기 때문이다. 그 시절 야구선수 이종범, 그리고 그의 가족이 모두 같은 생각 속에 '조심'을 새길 수밖에 없는 이유였다.

태어나니 아버지가 슈퍼스타 야구선수 이종범이다. 그는 대중의 사랑과 관심이 절대적인 비중을 차지하는 프로야구 선수이자

국가대표 선수로 '공인' 성격의 직업을 가졌다. 덕분에 노력에 상 **173**
응하는, 어쩌면 그 이상의 부와 명예를 누릴 수 있었던 것도 사실
이다. 그렇기에 대중들은 더 베풀고 나누기를 바란다. 야구 실력뿐
아니라 더 크고 넓은 범위의 사회 환원을 기대하는 것이다.

　그래서일까. 때로는 더 엄격한 잣대가 적용되기도 한다. 언제
나 언행을 조심해야 하는 것은 물론이고, 같은 실수를 저질러도 일
반인들보다 더 큰 대가를 치르기도 한다. 나의 행동이 사회적으로
영향을 미치는 위치에 있는 만큼 더 신중해야 한다는 것이 선행되
어야겠지만, 순간의 잘못된 판단으로 자칫 생계까지 위태로워질
위기에 처할 수 있다는 책임까지 감수해야 하는 것이다.

　이는 이정후의 성장에도 영향을 미칠 수밖에 없었다. 아버지
야 본인이 선택한 직업에 대한 책무를 다한다지만 그의 아들로 태
어났기에, 어쩌면 태어나서부터 그에 상응하는 책임을 감당해야
하는 운명을 가지게 된 것이다. '유명인'의 가족이기에 얻을 수 있
는 것과 감수해야 하는 것.

　앞선 챕터에서도 언급한 적이 있듯 아버지 덕분에 기억에 남
는 특별한 추억이 많다. 보통의 사람들은 쉽게 누리지 못할 환경.
때로는 상상하지도 못할 일상. 아버지가 이종범이기에 얻을 수 있
었던 수혜는 그의 성장에도 큰 도움이 됐을 것이다.

　이면도 존재한다. 나의 의사와 관계없이 내 존재가 세상에 알

려졌다. 지금도 포털사이트에 검색하면 나오는 사진들. 20년 전쯤 이종범 코치가 선수로 활약하던 시절, 그의 활약과 그의 행보가 세간의 관심을 받았기에 그 시절의 풍경이 담긴 미디어 사진 속엔 선수 이종범, 그리고 그의 아들 이정후의 모습이 담겨있다. 야구선수가 될 거라고는 생각도 하지 못했던, 어쩌면 이정후의 기억 속에도 없을 그 시절에 이정후의 존재가 수많은 매스컴을 통해 세상에 공개되고 있었다.

이후의 상황은 더했다. 학생 야구선수의 사사로운 일상까지 대중들에게 알려졌다. 아직은 사회적으로 성숙하지 못한 미성년자의 소소한 언행이나 푸념까지도 불특정 다수에게 전해졌고 동시에 아버지를 소환했다. 어린 나이일지라도 잘못된 부분이 있다면 따끔하게 그 잘못을 일깨워주고 어느 정도 대가를 치러야 하는 것도 맞지만 일상까지 대중들에게 알려질 일은 아니다.

하지만 이마저도 감내해내야 하는 운명이, 야구를 시작한 이후에 쥐어진 것이다. 시대를 풍미했던 레전드 야구선수 출신이자 지금도 슈퍼스타의 명성을 이어가고 있는 이종범 전 선수의 아들이라는 수식. 그 경우가 더 희소해진 것이다. 같은 야구선수의 길을 선택한 이후로부터.

야구를 시작하기 전과 후, 이종범의 아들은 어떻게 다릅니까?

정말 많이 바뀌었죠. 야구 시작하기 전에는 그냥 장난꾸러기였어요. 밝고 활발하고, 여느 남자아이들처럼 활동적인 아이였어요. 근데 야구를 시작하면서 엄청 내성적으로 변했어요. 눈치도 많이 보고 말도 없어지고요.

내성적으로 변했고 말이 없어졌다. 그의 표현대로 눈치를 봤기 때문이다. 무슨 눈치를 봤을까. 물론 이종범의 아들 그 자체만으로 여느 또래 친구들과는 다른 제약이 있었다. 그러나 공통분모가 일치해지는 순간부터는 그 제약이 더 엄격해진다. 우리 부모가 나로 인해 피해를 보지 않았으면 하는 건 대부분 자녀들의 무의식 속에 담겨있다고 해도 과언은 아니다. 하지만 이와는 다른 느낌을 준다. '야구선수'로서의 나의 사소한 행동이 '야구선수'인 아버지에게 피해를 줄 수도 있다는 걱정. 아버지의 직업 활동에 직접적인 영향을 줄 수도 있게 되는 것이다.

제가 야구선수로서 성장하고 활동하면서, 아버지가 유명한 야구선수일 경우 경험하게 된 남들과 다른 것 중에 하나는요. 다른 친구들은 아무 생각 없이 할 수 있는 행동일지라도 저는 아버지에게까지 영향을 줄 수 있거든요. 잘못된 일이라면 저만 욕을 먹고 끝날 일이 아니라 아버지까지도 욕을 먹게 돼요. 그런 걸 더 조심해야 했죠.

반대로 상대적으로 더 누릴 수 있는 것에 대해서는 당연하게 생각하지 않았다. 혹여나 그런 부분들이 그와는 관계없는 쪽으로 왜곡될 수 있다는 상황을 걱정했다. 실제로 전혀 사실과 관계가 없는 뜬소문이 들려오는 것도 있었다. 누구나 이 상황을 마주하면 바로잡고 싶다는 생각이 들 테지만 하나하나 반박하고 드는 건 의미가 없었다. 그저 열심히 하는 모습을 보여주는 것 말고는 답이 없다고 생각했다. 그래서 어린 이정후가 야구를 시작한 이후 '말이 없는 아이'가 됐던 건 아니었을까.

야구를 시작하고 주변의 인식이 달라졌다는 게 느껴졌습니까?

아버지가 너무 유명하신 선수였으니까요. 똑같은 길을 가려니까 너무 힘들었죠. 시선들. 그 시선이 너무 힘들 때가 있었습니다. 아버지와 나의 비교도 그렇고요. 저는 무조건 잘해야만 했어요. 조금만 못하면 여기저기서 이런저런 연락이 왔거든요.

이종범의 아들이 과연 야구를 잘할까 워낙 관심이 많았을 테니까요.

네. 반대로 경기에 자주 나간다거나 상을 탄다거나 하면 아빠 덕이라는 이야기를 듣기도 했어요. 저도 열심히 노력해서 얻은 기회고 보상인데 어린 나이에 그런 이야기를 듣는다는 게 정말 힘들더라고요. 그래서 그렇게 변한 것도 있는 것 같아요.

그런 상황이 원망스럽다는 마음이 든 적도 있었을까요?

원망스럽다기보다는 좀 철없는 생각으로 어렸을 때는 '아빠가 왜 177
이렇게까지 야구를 잘해서'라는 생각을 했던 적이 있습니다.

겪어보지 않은 자는 알 수 없다. 그만의 '애환'. 기쁜 만큼 슬펐을 거고, 때로는 슬픈 만큼 기쁘기도 했을 것이다. 하지만 그전에 대부분의 사람들은 큰 관심에 반해 그의 속사정까지 생각하지 않았다. 보이는 만큼만 말했고 생각한 대로만 말했다. 큰 관심을 받고 있다는 것도 어떻게 보면 누구나 누릴 수 있는 건 아니다. 다만 단발적인 관심이나 아니면 말고 식의 낭설은 크고 작은 상처로 쌓여 그의 성격까지 바꿔놓았다.

그래서인지 어렸을 때부터 조금 더 마음을 숨기고 감정을 삭이며 살아왔을 것 같다는 생각이 듭니다. 그렇다고 힘든 일이 없을 수는 없었을 텐데요. 그럴 때마다 그저 혼자 삼키며 그 상황을 극복했나요?
그렇죠. 어떻게 그런 말을 하겠습니까. 부모님께 말씀을 드리면 저보다 더 가슴 아파하실 거고요. 근데 지나고 생각해 보면 또 괜찮아요. 순간엔 힘든 것 같은데 성격이 단순해서 그런지 빨리 잊고 털어버릴 수 있습니다.

다언이 실언을 낳기도 하고, 때로는 모두가 내 말을 내 의도와 똑같이 듣지는 않을 수도 있다는 사실을 알게 된 이후부터. 그냥 말을 하지 않는 게 가장 편하고 낫다고 생각하기 시작했다. 다만 그 속에서도 인생을 배웠으리라. 말의 무게감, 그리고 책임감. 때로는 침묵이 달변보다 더 큰 힘을 발휘한다는 사실. 말 그대로 소리 없이 강해지는 길.

결론적으로 이 변화가 그에게 긍정적인지 부정적인지 판단할 수는 없다. 한편으론 혼자만의 시련이 버거웠겠지만 때로는 그 인내가 도움이 되는 쪽으로 작용하기도 했을 것이다. 그리고 더 중요한 건 지금, 이 순간. 그 나름의 이런저런 고충 속에서도 그가 선택한 삶에 대해 크게 만족하고 후회가 없다는 점이다. 더불어 '야구 선수'라는 직업을 가진 사람 중에서도 크게 성공했고, 그가 늘 그려온 상승세 역시 큰 변수가 없는 이상 앞으로 계속될 것이라고 많은 이들이 생각한다. 이렇게 직업인으로서 세상 부러울 게 없어 보이는 그이지만 그에 앞서 '인간적으로' 부러워하는 지점도 있다. 성장 과정에서 비롯된 그의 성격과 관련된 이야기.

깊게 생각한 적은 없지만, 남들에게 부러운 점을 그래도 하나 뽑자면 속 안에 있는 것들을 겉으로 솔직하게 표현하는 사람들을 보면 부럽다는 생각이 들어요. 저는 그러지 못하거든요. 솔직히 말씀드리면 제가 처음 보는 사람들을 조금 어려워하는 경향이 있어요. 이 사람은 무슨 생각을 갖고 있을까, 그런 생각이 들 때가 있거든요.

지금 또래 친구들은 사실 한창 청춘이잖아요. '거침없는 나이'라고 해야 할까요?

그렇죠. 여기에 저는 아무래도 어린 나이부터 사회생활을 시작했잖아요. 근데 저만의 힘든 순간이 없을 순 없는데, 그런 이야기를 하면 배부른 소리 한다고 생각할 수도 있으니까 이야기를 안 하게 되는 게 있어요. 근데 그런 거 신경 안 쓰고 이런저런 이야기 털어놓는 친구들을 보면 부럽다는 생각이 들어요.

뭔가, 그 나이에 맞는 삶, 그런 걸까요?

맞아요. 딱 그거 같아요. 그런 건 좋은 것 같아요. 남 눈치 보지 않고 그때만 할 수 있는 것들이 있잖아요. 다른 친구들이 저를 봤을 때 부러운 게 있는 것처럼 저는 다른 친구들을 보면서 그런 부분들이 부럽다고 생각하는 것 같아요.

더 좋은 성격이 따로 있는 것도 아니다. 각자 나름의 방식대로 살아가는 게 제일일 뿐. 이정후의 경우도 그럴 것이다. 타고난 운명에 따라, 살아가면서 마주한 경험에 따라. 최선의 방식을 찾고, 또 찾아갈 뿐이다. 꼭 이러란 법도 없고 늘 저러란 법도 없는 것이었다. 편견 속에 바라보는 사람들도 있었지만, 있는 그 자체로 생각해주는 사람들도 있었다.

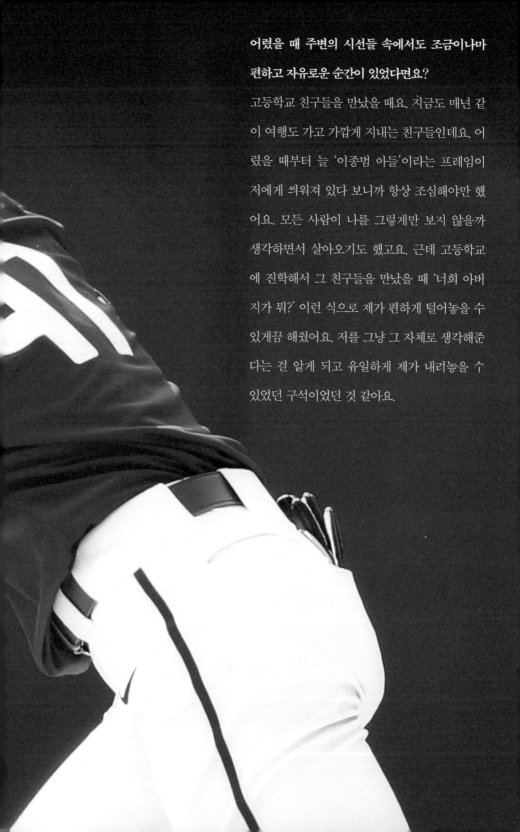

어렸을 때 주변의 시선들 속에서도 조금이나마 편하고 자유로운 순간이 있었다면요?

고등학교 친구들을 만났을 때요. 지금도 매년 같이 여행도 가고 가깝게 지내는 친구들인데요. 어렸을 때부터 늘 '이종범 아들'이라는 프레임이 저에게 씌워져 있다 보니까 항상 조심해야만 했어요. 모든 사람이 나를 그렇게만 보지 않을까 생각하면서 살아오기도 했고요. 근데 고등학교에 진학해서 그 친구들을 만났을 때 '너희 아버지가 뭐?' 이런 식으로 제가 편하게 털어놓을 수 있게끔 해줬어요. 저를 그냥 그 자체로 생각해준다는 걸 알게 되고 유일하게 제가 내려놓을 수 있었던 구석이었던 것 같아요.

이런 양면이 있는 환경을 두고 누군가는 그가 더 많은 것을 누렸을 거라 예상하며 부러워할 것이고, 또 다른 누군가는 그 이유로 오히려 제약이 많았을 것을 걱정하며 안쓰러워할 것이다. 이 운명을 타고난 건 이정후 본인뿐이고 이 상황을 헤쳐갈 사람도 자신뿐이다. 선명한 기억과 어렴풋한 기억 속에 어린 날의 이정후는 그런 순간들을 어떻게 받아들였을까.

생각보다 더 힘든 환경에 대해 후회한 적도 있습니까?

그런 적은 없어요. 지금 생각해 보면 오히려 그런 시선 때문에 더 열심히 했어요. 내가 저런 시선들이나 이런 말들에 지면 안 되겠다는 생각이 들었죠. 더 열심히 하는 계기로 삼았던 것 같아요.

시선 그리고 말들에 지지 않겠다. 본의 아니게 자극제가 되어준 순간들이 모여, 본의 아니게 집중할 수밖에 없었던 순간들이 모여 그의 성장을 함께 이뤄내고 있었다.

16

나를 위한 야구를 한다

프로에서의 목표가
아버지의 통산 기록을 넘는 거라고
이야기를 한 적이 있습니다.

처음엔 그랬죠.
그것 자체만으로도 대단한 기록을 세우는 거니까요.
그런데 프로에서 2~3년 정도 하다 보니까
나 자신을 위해서 야구를 해야겠다는 생각이 들더라고요.
아버지께서도 항상 자신을 위해 야구를 하라고 말씀하셔요.
생각해 보니까 내가 아닌 누군가를 위해
야구를 한다는 건 말이 되지 않는 것 같아요.
솔직히 제가 잘하면 제가 좋은 거잖아요.

득과 실. 모든 일에는 양면이 존재하기 마련이다. 상황이 특수할수록 이 양면은 더 극단적으로 작용한다. 여기서 우리는 무엇을 더 중요하게 생각하는 게 자신에게 도움이 될까. 득을 더 크게 받아들이는 방법과 실을 더 작게 여기는 방법. 두 방법 모두 나름의 일리가 있다. 그래서 세상엔 정말이지 정답이 없다는 생각을 또 한 번 해본다. 그저 나에게 더 나은 방법, 내 발전에 긍정적인 방법을 찾는 노력에 최선을 다할 뿐.

부모와 자식이 같은 직업을 가졌다고 했을 때 대부분의 사람들은 득이 더 크다고 생각할까, 실이 더 크다고 생각할까. 직업에 따라, 상황에 따라 수많은 경우의 수가 존재하기에 장단점을 일반화하기는 어려울 것이다. 다만 단편적으로 생각해봤을 때는 부모와 자식 사이라는 가장 밀접한 관계 안에서 같은 직업적 고민을 공유하며 실질적인 조언을 누구보다 가까이서 들을 수 있고, 때로는 직접적인 영향을 미칠 수 있는 위치에서 도움을 줄 수 있다는 장점을 떠올려볼 수 있겠다. 하지만 반대로 너무 가까운 관계가 일적으로는 독이 될 때가 있을 것이고, 한편으론 부모와의 연결고리가 주변 사람들에게 왜곡되어 부정적인 시선이나 편견으로 남을 수도 있다는 단점이 될 수도 있다.

그 중에서도 범위를 좁혀본다. 부모가 운동선수이고 자식이 같은 운동선수의 길을 선택했다. 운동선수라는 직업의 특수성과

스포츠계라는 무대의 특수성. 성공이 보장된 게 아니고 확신하지 않더라도, 특기와 취미 이상으로 운동을 시작한 후로는 많은 경우가 그 운동 자체를 나의 명확한 진로로 설정한다. 이를테면 '프로선수'처럼 말이다.

그렇게 되면 운동이 대부분의 성장 과정을 차지하게 된다. 하지만 모두가 '프로선수' 내지는 원하는 목표 달성에 성공하는 것은 아니다. 그 중에서 운동에만 절대적인 시간을 투자했음에도 원하는 취업에 성공하지 못하는 학생들이, '운동 말고는 할 게 없어지는' 상황을 막기 위해 요즘 학생 선수들에게도 학업을 병행하도록 법이 바뀌고 있다. 하지만 운동은 말 그대로 몸을 움직이는 데 물리적인 시간을 절대적으로 할애해야만 한다. 그렇기에 일단 운동을 진로로 설정한 이상 훗날 학업 내지는 적용과 응용에 있어서 일반 학생들과는 상대적으로 차이를 보이는 경우가 훨씬 많다.

이에 따른 결과 중 하나로 '스포츠계'는 연고 지역과 출신학교 등을 중심으로 강한 연대를 형성하기도 한다. 시간이 흐르면서 시스템이 체계화되고 기반이 활성화됐지만, 여전히 전체 사회를 놓고 봤을 때 엘리트 스포츠인이 차지하는 비중이 그렇게 크지 않다. 그 속에서 성장하며 고생한 마음은 서로가 헤아린다는 이심전심의 마음으로 선후배가 끌고 밀며 도움을 주기도 하고, 운동만 생각하고 살아온 만큼 스포츠계의 활성화가 각자의 생계에도 직접적인 영향을 줄 수 있기에 같은 마음으로 부흥을 도모하고자 하기 때문이다.

부모와 자식 모두 생활 속에 '운동'이 절대적인 비중을 차지하며 성장했다는 특수한 공동점이 생긴다. 동시에 그들은 같은 '입계'의 선후배 관계가 된다. 동료가 되기도 하고 적이 되기도 한다. 그리고 사제 관계로 때로는 '고용'에 영향을 미치는 위치에서 서로를 마주하기도 하는데 '운동능력'이라는 다소 주관적일 수 있는 평가 기준이 작용할 수 있는 스포츠 특성이 상황을 묘하게 만들기도 한다.

이렇게 조금은 다른 특성이 보이는 스포츠계. 과거에 국가 차원에서 각 스포츠 종목의 부흥을 본격적으로 추진하던 때도 있었고, 우리나라가 국제대회에서 인상적인 성과를 거두며 온 국민의 관심이 급속도로 높아지던 때도 있었다. 그 속에서 조금씩 역사가 쌓이고 발전을 거듭하며 다양한 사례가 등장하고 다양한 소식이 전해진다.

한국프로야구를 생각해 본다. 그 이전의 시간도 있지만 한국프로야구의 이름으로 본격 출범한 것은 1982년. 어느덧 40년이 넘는 시간이 쌓였다. 사람으로 치면 마흔을 꽉 채운 나이다. 이 마흔 살의 한국프로야구를 앞두고 조금씩 '아들 프로야구 선수'들이 하나둘 등장하면서 관심을 끌기 시작하더니 이제는 그들이 본격적으로 활약하기에 충분한 시기가 됐다. 덕분에 현시점에서는 아마추어 야구는 물론 각 프로구단에서도 심심찮게 '부자 야구선수'의 경우를 찾을 수 있게 됐다. 이정후 역시 그 역사의 중심에 있는 사례 중 한 경우다.

요즘 야구뿐 아니라 여러 스포츠 종목 안에서 2세까지 이어서 운동선수의 삶을 선택하는 부모와 자식 관계가 많아지지 않았습니까? 그들을 보면서 어떤 생각이 드십니까?

동질감이 느껴지죠. 야구에서는 요즘 특히 더 많아졌다는 걸 느끼기도 하는데요. 남모를 어려움이 있었을 거란 생각이 들어요. 그들도 내가 혹여나 잘하지 못하면 부모님까지 욕먹지 않을까 많은 생각을 할 거예요. 그 마음을 이해하죠.

그 속에는 또 다양한 경우가 존재한다. 웬만한 스포츠팬이라면 모를 수가 없는 레전드 출신의 아들이 있는가 하면 운동선수로서는 크게 성공했다고 평가받지는 못하는 선수 출신의 아들도 있다. 또한 지금은 스포츠계를 떠나 전혀 다른 분야에 종사하고 있는 아버지가 있는가 하면 지금도 스포츠계에서 활발히 활동하고 있는 아버지도 있는데, 이들은 프로팀 감독이나 코치, 아니면 프런트 스태프부터 아마추어 관계자까지 고개만 돌리면 보이고 귀만 열

면 소식을 알 수 있는 곳에 존재한다.

여기에 미디어가 발달하면서 팬들이 관심을 가지고, 매체가 의지를 높이는 경우 아마추어 선수들의 소식을 더 쉽게 접할 수 있게 됐다. 그중에 야구선수 출신의 아버지를 둔 선수가 있다면 그것만으로 주목도는 높아진다. '누구의 아들이 어느 고등학교에 다니고, 포지션은 무엇이며, 이런 장점이 있다고 하더라.' '누구의 아들은 이번 신인드래프트 최대어다.' '누구의 아들이 이번 신인드래프트에 나오는데 프로 지명은 어려울 것 같다.' 팬들까지도 기사를 통해, 관련 커뮤니티를 통해, 주변의 정보를 통해 그들의 현재를 진단하고 미래를 점쳐본다.

그때부터. 그 정도로. 팬들의 관심을 높이기에 충분한, 남다른 배경의 선수들에게 수많은 눈이 집중한다. 미디어의 발달은 계속해서 진보하는 만큼 관심의 크기는 더 커지는 상황이 이어진다. 이런 환경 속에서 그들은 누군가의 아들이라는 이유로 남다른 관심의 무게감을 이겨내야 하는 또 다른 숙제를 떠안아야 하는 것이다. 아버지가 성공한 만큼 아들도 성공할까. 내지는 아버지는 야구선수로는 빛을 보지 못했지만, 아들은 다를까. 팬들에게는 현재를 들여다보며 미래를 예상하고 과거까지 소환할 수 있는, 너무나도 매력적인 관전포인트다.

하지만 이 관심의 무게가 얼마나 버거운지. 여기서부터 그 관문을 넘어서지 못하고 안타깝게도 끝내 빛을 보지 못하는 경우도 많다. 아버지와의 단순 비교 이전에. '그의 아들'이라는 이유로. 다른 친구들보다 더 많은 관심을 받는 만큼 더 큰 비판이나 냉정한 평가까지도 감당해야 하는 그 순간을 이겨내지 못하는 것이다. 잘하는 것만 알려지면 좋으련만. 아니 못하더라도 못한 건 나 자신인데. 때마다 아버지까지 함께 거론되는 그 부담감은 느껴본 자들만이 아는 고충이다. 여기에 아버지의 근황까지 계속 노출이 되는 경우라면 그 영향은 더 큰 듯하다. 감히 헤아릴 수 없는 그 압박감에서 끝내 자유롭지 못하고 자신의 기량을 마음껏 펼치지 못하는 것이다.

여기에 야구선수 경력과 성적 상으로 성공한 아버지를 둔 아들의 경우라면 '비교'라는 2차 관문으로 이어진다. 상대적으로 야구선수로서 빛을 보지 못한 선수였을지라도 지금 또 다른 위치에서 성공을 경험했을 수도 있고, 같은 야구계 어디선가 활동을 이어가고 있는 경우도 존재하기 때문에 같은 야구선수의 길을 이어가는 한 실과 바늘처럼 아버지와 아들 간의 영향력을 아예 무시할 수는 없다. 다만 아버지가 야구를 '잘했을 경우'. 이때는 실력 대 실력으로 비교가 성사되는 것이다.

이 관문으로 넘어가면 안타까운 사례는 더 많아진다. '아버지는 그 나이에 어느 정도 했는데 자식은 왜 못하느냐.' '좋은 유전자를 받았을 텐데 왜 그 정도밖에 안 되느냐.' '그 시절 누구의 아들인데 이 정도는 해야지.' 그 순간 최선을 다하고 있고, 나름대로 성과를 만들어내고 있는데. 또 치열한 스포츠계에서 또래 친구들과 경쟁에서 이겨내는 것마저도 쉽지 않은데. 그 비교 대상이 왜 아버지가 되어야 하는가. 그 이상의 스트레스가 가중되는 것이다.

그래서일까. 요즘 슈퍼스타 반열에 오른 운동선수 중 부모도 운동선수 출신인 경우는 많지만, 부모까지 선수로 성공한 경우는 별로 없다. 즉 선수로서 성공을 경험한 부모의 자식까지 선수로서 잘되는 경우가 아직은 많이 존재하지 않는 게 사실이다.

그중에서 부모와 자식까지 모두 성공하는 경우는 많지 않습니다. 역사가 아직은 짧다 보니 그렇겠지요. 하지만 이종범-이정후 부자는 모두 '성공한 케이스'로 분류됩니다. 아버지는 기록으로 남겼고, 지금도

남아 있고요. 이정후 선수는 남기고, 남겨가고 있으니까요. 그래서 조심스럽습니다만, 선수로서 성공을 경험한 부모에 반해 자식까지 성공하지 못하는 경우와 이종범-이정후 부자지간의 차이가 있다면 뭐라고 생각하십니까?

음 각자 상황이 다르겠지만요. 제 생각에는 일단 제가 아무리 잘해도 시작부터 아빠보다 잘할 수는 없어요. 그리고 아빠 아들이라는 수식은 계속 안고 살아야만 하고요. 사실 아빠가 너무 잘했으니 제가 힘들기는 합니다. 제가 아무리 잘해도 비교 대상은 더 잘했던 아빠니까요. 부정적으로 느껴질 수 있는 이 시선을 빠르게 떨쳐내는 게 중요한 것 같아요.

알면서 쉽지 않은가 봅니다. 본인만의 노하우가 있다면요?

그냥 당연하다고 빠르게 받아들이는 게 가장 좋은 것 같습니다. 내가 뭘 하든 아빠랑 비교가 될 수밖에 없어요.

내가 아버지의 자식이라는 게 당연한 것처럼요?

맞아요. 이건 당연한 일이에요. 오히려 좋을 수도 있죠. 저로 인해 아빠가 재조명되니까요. 그러니 좋은 쪽으로, 당연하게 생각하는 자세가 필요해요.

같은 업계에 종사한 부모를 둔 자식 누구에게나 주어지는 숙제 중 하나. 부모와의 비교. 긍정적으로 작용하면 바른 기준점이 되고 좋은 자극제가 될 수 있지만, 부정적으로 발현하면 끝없는 불만족과 자신의 불행으로 이어지는 이 '비교'의 명암. 할 수 있는, 아니 해야 하는 최선은 이 상황을 '명'으로 만드는 것이다. 불특정 다수에게 비교하지 말아 달라고 일일이 호소하고 다닐 수도 없고, 눈을 감고 귀를 닫는 것도 한계가 있다. 내가 받아들이지 못하면 이 '비교'는 '암'이 될 수밖에 없다.

피할 수 없다면 즐기라는, 이 단순한 문장 속에서 답을 찾았을까. 어차피 거스를 수 없다면, 어차피 돌이킬 수 없다면, 어차피 받아들여야 한다면. 빠르게 인정하고 다음 관문을 헤쳐가는 게 할 수 있는 유일한 일이라고 판단했다. 아버지의 커리어를 지울 수도 없고, 아버지를 인정하지 않을 수는 더더욱 없다. 그런 만큼 이 비교역시 당연한 일이라고 받아들였다. 그런 적이 아예 없었다고 말할수는 없겠지만, 시간이 흐르면서 왜 내가 이런 숙명을 감당해야 하나 불평하는 것이 무의미하다고 판단한 것이다.

그리고 이어지는 이야기도 흥미롭다. '아버지가 내 덕에 재조명되니 오히려 좋을 수도 있다.' 상황을 유쾌하게 반전시켰다. 달라지는 건 없는 이 현실을 가능한 한 재미있게 받아들이는 방법. 스포트라이트를 즐기는 것이었다. 나의 성과가 아버지의 공적까지소환시켜 주니 두 배로 즐겁다. 반대로 아버지가 과거에 세웠던 기록이 새삼 주목되는 날에는 아들의 가능성으로 그 시선이 이어진

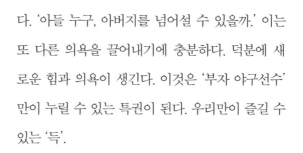

다. '아들 누구, 아버지를 넘어설 수 있을까.' 이는
또 다른 의욕을 끌어내기에 충분하다. 덕분에 새
로운 힘과 의욕이 생긴다. 이것은 '부자 야구선수'
만이 누릴 수 있는 특권이 된다. 우리만이 즐길 수
있는 '득'.

　우리나라에서 야구라는 종목만 봤을 때는 거
의 유일하고, 다른 종목으로 범위를 넓혀봐도 부
모와 자식 모두가 운동으로 성공을 경험한 경우는
드물다. 특히 단체 스포츠에서는 더더욱 사례를
찾아보기가 어렵다. 이정후는 최근 들어 부쩍 늘
어나고 있는 '부자 야구선수' 경우를 바로 옆에 있
는 동료들을 통해 지켜보면서 그들만의 사정이 있
으리라 생각했다. 더불어 남모를 고충을 안고 살
았을 동질감은 알게 모르게 서로가 느낄 뿐, 오히
려 그들 간의 특별한 대화는 딱히 없다고 했다.

　다만 그 속에서 확실하게 느낀 것은 있다. 지
나치게 생각할수록 오히려 자신에게 독이 된다는
사실. 분야를 막론하고 같은 길을 간다는 것 그 자
체가 쉽지만은 않다는 건 여전히 같은 생각이다.
특히나 야구 역사로 살펴봤을 때 지금 시점이 야

구인 2세들이 활약하는 초창기라고 한다면 이런저런 시행착오와 성장통도 분명히 있다. 그렇기에 예상할 수 없는 상황과 환경 속에서 절대 잊지 않고자 하는 것은 바로 나 자신을 위해서, 더 열심히 해야겠다는 다짐이다.

사실 아버지가 너무 대단한 선수였기 때문에 더 빠르게 포기한 운동선수 2세들도 있지 않습니까?

그렇기도 하죠. 그런데 저는 부모님이 야구를 하라고 한 것도 아니고, 제가 재밌어서 시작한 거였기 때문에 그런 이유로 포기하고 싶다는 생각이 든 적은 없었습니다.

아버지의 그늘을 '스스로' 지워내는 방법. 주도권을 나에게 가져오는 것이다. 내가 하고 싶어서 하는 야구. 할 때마다 내가 재밌는 야구. 이렇게 표현한다고 하지만 아버지를 전혀 떠올리지 않고 전혀 의식하지 않을 수는 없다. 그리고 평생이고 아버지의 후광을 완전히 지워낼 수도 없다. 하지만 '불필요한' 아버지 소환에도 내가 크게 흔들리지 않을 수 있는 비법, 바로 내가 주체가 되는 것이다. 막상 마주한 순간에는 쓰릴 테지만 그 상황을 이겨내야 하는 사람은 결국 나 자신이고, 그 방법은 내가 잘하는 것이고 내가 만족하는 것이다.

어릴 적 경험했던 괜한 오해, 성장하며 마주했던 끝없는 비교, 때로는 이유 없는 시기나 질투 같은 부정적인 시선들. 아버지의 아들이라는 이유로 감당해야 했던 '실'이지만 이것 역시도 아버지의 아들이라는 사실만큼이나 당연하게 받아들여야만 했다. 다만 땀방울로, 때로는 침묵으로 이를 최소화하려고 노력할 뿐이었다.

그렇게 좋지 않은 것들은 하나씩 지워 나간다. 설명 대신 노력으로 '오해'를 지웠고, 불평 대신 인정으로 '비교'를 넘어섰다. 스스로에게는 만족을 몰랐던 자세는 그를 정상으로 이끌었고 자연스레 '부정적인 시선'은 사그라들 수밖에 없었다. 이렇게 '실'을 줄였다. 이제 하고 싶은 건 '극'을 극대화하는 것. 전부는 아니지만 새로운 동기부여가 생기는 이유가 된다.

저는 무조건 저희 부자가 최고여야 한다는 생각이에요. 아빠는 이미 잘 해놓으셨기 때문에 이제 저만 잘하면 되잖아요. 그래서 이제는 제가 지고 싶지 않다는 생각이에요. 지금까지는 부자 MVP, 그리고 부자 타격왕을 이뤘고요. 제가 해외에 진출한다면 부자 해외리그 진출을 이룰 수 있겠죠. 다음으로 제가 더 잘하면서 제가 아버지보다 잘하는 선수가 될 수도 있는 거니까요. 그 누구도 넘볼 수 없는 그런 '부자 커리어'를 만들고 싶습니다.

실만 있는 것도 아니었다. 부자 야구선수라는 특별한 이야깃

198 거리. 힘들게 어려움을 극복해 나간 만큼 이제는 이 특별함을 살려 득으로 만들고 싶은 마음. 운명처럼 타고나야만 시도라도 해볼 수 있는 기회가 주어진다. 이제는 이것도 나만 누릴 수 있는 일이라는 설렘. 그 역사에 앞장서 나가고 있다는 자부심. 그의 '도전'을 더 나아가게 만드는 또 다른 힘이 여기에 있다.

나, 이정후는 특별하다고 생각합니까?

특별하다고 생각하죠. 아나운서님도 특별하고요.

저는, 세상 모든 사람이 다 자신이 특별하다고 여겨야 한다고 생각합니다.

유일하니까요.

네. 제가 종종 하는 생각 중 하나가 '나 아니면 아무도 못 해'라는 거예요.

각자의 분야에서 그런 자부심을 느끼고 살아야 한다고 생각합니다.

• • •

나만 해낼 수 있다는 자부심이자 자신감. 야구선수로서 이 힘은 기회나 위기 상황에 고도의 집중력을 발휘하도록 만든다. 이 득점 기회를 살릴 사람은 나뿐이라는 사명감, 이 실점 위기를 막을 사람은 나뿐이라는 책임감. 부담감이 아닌 기대감으로 마주하는 상황은 어떻게든 의미 있는 결과를 만들어낸다. 더불어 상대와의 맞대결에서도 빛을 발한다. 누가 됐든 너와의 대결에서 반드시 내가 이기고야 말겠다는 용기. 이와 같은 기 싸움에서의 승리는 주도권을 나에게 가져오게 만들고 좋은 결과로 이어질 확률을 높인다.

일본의 야구선수 오타니 쇼헤이가 말했다. 야구선수에게 어려운 점은 좋은 과정이나 자신감이 반드시 좋은 결과로 이어지지 않는다는 데 있다고. 연습 때는 분명 잘됐는데 실전에선 잘되지 않는다. 자신 있게 좋은 타구를 만들었다고 생각했는데 야수 정면에 걸려 아웃이 됐다. 내가 생각하는 '인과관계'가 성립되지 않을 때. 상황을 이겨내기 위해 때로는 자기 최면의 도움을 빌려보는 것도 방법이다. 세상에 대체할 수 없는 게 무엇이 있겠냐마는, 스스로만큼은 나는 '대체 불가'의 존재이니 반드시 이겨내야 하고, 이겨낼 수 있다고 생각하는 것. 특별한 나는 무엇이든 해낼 수 있다.

꿈

**큰 도전을 선택했을 때 자칫 내가 해왔던 것까지
흐트러질 수도 있지 않을까 하는 우려 같은 건 없었습니까?**

그런 건 없습니다. 아마 많은 게 바뀌겠죠.
또 다른 무대고, 최고의 무대니까요.
많은 게 바뀌는 만큼, 많은 것들을 고쳐야 할 수도 있지만
그런 것까지 걱정하며 도전을 생각하진 않습니다.
그냥 하는 거죠. 일단 부딪혀 보는 겁니다.

프로에서의 목표가 아버지를 뛰어넘는 거라고 얘기했었죠. 그리고 실제로 하나씩 해내고 있습니다. 이제 다음 목표로 메이저리그 진출 도전을 선언했는데요. 혹시 이 목표가 아버지를 뛰어넘을 수 있는 고지, 그러니까 아버지는 이루지 못한 영역을 넘어서기 위한 목표 중 하나인 건지 궁금해졌습니다.

아니요, 이것도 저 자신을 위해 세우게 된 목표입니다. 그런데 6년 전 신인 때로 돌아간다면 제가 이 시점에 이런 고민을 하고 있을 거라는 건 상상도 하지 못했을 것 같네요.

그때는 어떤 생각이었습니까?

그저 내년에 더 잘해야겠다는 생각밖에 없었습니다.

그 당시에 가지고 있던 큰 꿈은 뭐였나요?

한국에서 제일 잘하는 선수. 그 정도만 생각했던 것 같아요.

처음부터 메이저리그를 목표로 생각한 것은 아니었다. 입단 초기에는 그저 생존하는 게 중요했고, 다음으로는 꾸준히 잘하는 게 필요했다. 어느 정도 자리를 잡은 후에는 지금 뛰고 있는 이 무대에서 최고가 되는 게 최우선 목표였다. 그렇게 하나씩. 눈앞에 놓인 목표만 바라보며 열심히 달리다 보니 생각했던 것들이 생각한 대로 이루어졌다.

여기까지는 그동안 역사를 새긴 많은 선배들이 잘 갈고닦은 길이 있었다. 그 길 속에는 아버지의 발자취도 남아있었다. 여러 방면에서 조언을 구할 수 있었고, 따라갈 수 있었다. 리그에서 정상을 차지하기 위해서는 어떤 과정을 밟아야 하는지, 어떤 방향을 향해가야 하는지, 흘러온 KBO리그 역사만큼이나 다양한 '레전드' 선배의 유형 속에서 나에게 맞는 것들을 하나둘 참고하며 이 무대에서의 정상을 바라보고 올라설 수 있었다.

그리고 이제는 많은 이들이 도전하지 않는 영역을 바라본다. 그래도 다행히 많지는 않지만, 여기에도 이미 길을 잘 만들어가고 있는 선배들이 있다. 하지만 그 수는 절대적으로 적다. 그만큼 모두가 도전할 수 없는, 그리고 모두가 도전하지는 않는 일. 경쟁자들의 차원이 달라지고, 조언을 구할 길도 많지 않은 외로운 싸움. 어쩌면 또 다른 무언가를 잃게 될 수도 있는 두려운 도전. 이정후도 이렇게 표현했었다.

사실 처음엔 그들만의 세계 같아 보였습니다.

나와는 상관없는 세상처럼 보였던 그 무대가 조금씩 눈에 가까워지고 손에 잡힐 것 같았다. 성장 과정 속에 많은 것들이 바뀌었지만 그 속에서도 변치 않은 사실 하나. 바로 언제나 만족하지 않았다는 것. 그도 그럴 것이 여전히 젊은 선수인 만큼 이정후가 앞으로도 정상에 도전하고 올라설 일은 많다. 그렇게 목표했던 바를 하나씩 달성해 가던 중 언제부턴가 자연스럽게 메이저리그 진출에 대한 꿈이 마음 어딘가에 자리 잡게 됐다.

메이저리그에 대한 꿈은 자연스럽게 생겨난 겁니까?

네, 정말 자연스럽게 생겨났어요. 야구를 생각한 대로 하나하나 해나가다 보니까 그게 메이저리그 진출로 이어지게 됐지요. 어렸을 때부터 품었던 꿈이라기보다는 한 해 한 해 성장하면서 생겨난 꿈이라고 할 수 있겠네요.

신인 중 가장 잘했다고 인정받은 것을 시작으로 프로리그 안에서 타자로서 가장 높은 곳에 올라 봤고, 타자와 투수를 통틀어 최고라는 평가를 받아 봤다. 하나씩 하나씩. 이제 다음은 무얼 바라보고 무얼 향해서 가야 할까. 지키는 걸 목표로 세울 수도 있었을 것이다. 하지만 새로운 곳을 바라봤다. 무대를 넓히는 것. 미국뿐 아니라 전 세계에서 내로라하는 선수들이 모인다는 메이저리그 진출. 자연스럽게 시선이 향해가던 과정 중에 도전정신을 크게 일깨워준 순간이 있었다.

그 과정 중에서도 직접적인 계기가 될 수 있었던, 기억에 남는 순간이

있다면요?

도쿄 올림픽이요. 미국과 일본 등 좋은 투수들을 상대해 보니까 나도 해볼 수 있겠다는 생각이 조금씩 들더라고요. 메이저리거 유망주 1~2순위라 불리는 선수도 있었고 현직 메이저리거 선수들도 있었고요. 앞으로 메이저리그 진출이 유력하다는 선수들도 있었죠. 그들을 상대하면서 이런 생각이 들었어요. 메이저리거들은 과연 어느 정도 수준일까, 그 투수들을 매일 상대하다 보면 나도 실력이 늘게 될까, 나는 그들을 상대로 어떤 대응을 할 수 있을까, 이런 게 궁금해졌습니다. 그때 나는 메이저리그에 가고 싶고, 가야겠다는 생각이 결정적으로 들었습니다.

호기심. 호기심은 당신이 가진 가장 강력한 것이라는 제임스 카메론의 말처럼 이는 엄청난 동기부여로 이어졌다. 생각의 차원을 아예 바꿔놓았다. 상상의 무대를 세계로 뻗어가게 했다. 몰랐던 세상에 대한 호기심과 나의 잠재력에 대한 호기심. 궁금했다. 그래서 도전 그 자체가 그렇게 두렵지 않았는지도 모르겠다. 성공에 대한 기대감은 실패에 대한 두려움을 동반하지만, 도전에 대한 호기심은 섣불리 성패 여부를 떠올리게 하지는 않기 때문.

여기에 한번 해볼 수 있겠다는 자신감. 그 자신감 축적에는 주변에 있는 좋은 선배들의 역할이 컸다. 현시점에 메이저리그에 진

출하고 또 성공을 경험한 선배들이 길을 잘 열어준 것은 후배들에게 큰 선물이 된다. 시작에서만큼은 그들의 발자취를 그대로 따르는 것만큼이나 좋은 교본도 없기 때문이다. 그들은 비단 좋은 선례가 되어 먼저 내딛는 한 발 한 발을 후배가 따라 걷게끔 길을 만들어주는 것뿐 아니라 든든한 멘탈 코치가 되어주기도 했다.

결정적으로 선택은 본인이 했지만 그래도 과정을 들여다보면 주변의 영향도 많았을 텐데요. 운명처럼 주변의 동료 중 메이저리그에 진출하고 경험한 선수들이 많고요. 절친하다고 알려진 박병호 선수나 김하성 선수의 영향도 분명 있었을 것 같습니다.

물론이죠. 가장 최근이자 현재 진행 중인 하성이 형의 영향이 컸습니다. 메이저리그에 진출하는 과정을 바로 옆에서 직접 지켜보기도 했고요. 지금 잘하는 모습도 보고 있으니까요. 하성이 형이 지금 메이저리그에서 뛰면서 좋은 이야기도 많이 해줍니다. 너도 충분히 할 수 있다고요. 그러니 더 자신감이 들고 확신도 생깁니다.

호기심과 자신감의 시너지. 지금 이 순간 꿈의 무대에서 뛰고 있는 절친의 조언까지 더해지니 믿음과 확신은 배가 된다. 선순환이다. '할 수 있다'는 마음을 잃지 않을 수 있는 환경을 만들어간다. 할 수 있을 것 같다는 상상만으로 설렌다, '잘할 수 있을까'가

208   아닌 '얼마나 할 수 있을까'

막상 실전 상황을 맞닥뜨리게 된다면 적응부터 성적에 대한 스트레스가 없을 수는 없다. 물론 지금도 전혀 걱정이 없는 것은 아니다. 하지만 모든 건 부딪혀 봬야 알 수 있듯 미리 될까, 안 될까의 걱정은 무의미하다. 그저 도전에만 초점을 두고, 나의 모든 가능성은 열어두고, 긍정적인 미래를 상상해보는 거다.

메이저리그가 우리나라에서 야구를 가장 잘한다고 해도 갈 수 있는 곳은 아니죠.

그렇죠. 도전한다고 해서 다 진출할 수 있는 것도 아니고요. 야구선수로서 세계 최고의 무대라고 불리는 곳에서 기회를 얻는 것만으로도 큰 영광인데, 주축 선수로 뛸 수 있다는 건 정말 말로 표현할 수 없는 영역인 것 같습니다. 말 그대로 꿈 그 자체죠.

메이저리그 무대에서 내가 내세울 수 있는 주무기는 뭔가요?

컨택트 능력과 적응력. 내가 과연 통할까, 그게 가장 궁금합니다.

해보고 싶다는 호기심과 해보겠다는 자신감, 여기에 할 수 있다는 확신. 정상을 경험한 이후. 다음 목표를 어떻게 설정하느냐는 사람에 따라 다르다. 말 그대로 정상에 올랐다는 것은 누군가가 먼저 걸어간 더 높은 곳은 없다는 뜻이다. 이제부터는 지키거나, 새로운 길을 개척하거나. 두 선택의 길목에 놓이게 된다.

머무는 것을 두고 안주라고 할 순 없다. 지키는 것은 넘보는 것만큼, 때로는 그 이상의 노력이 함께 필요하기 때문이다. 새로운 무대로 시선을 돌리게 되면 이야기가 또 달라진다. 세상과 더불어 나 자신과의 싸움이 된다. 어쩌면 하지 않아도 크게 상관은 없을 수 있는 이 도전이 의미를 가지고 의미를 담기까지. 정답은 없다. 그렇기에 도전의 '성패' 여부를 어떻게 판단할지는 철저히 자신에게 달려있다. 잘했다는 걸 성공이라고 봤을 때, 잘한다는 기준은 주관적이고 다양하게 설정할 수 있다. 나에게 의미가 충분하면 되는 이유가 여기에 있다.

요즘 전 세계에서 가장 뜨거운 야구선수 중 한 명이라고 할 수 있는 일본의 오타니 쇼헤이가 이런 말을 한 적이 있다. "성공하느냐 실패하느냐가 중요한 것이 아니다. 내게 중요한 것은 일단 해보는 것이다."

이정후가 생각하는 코리안 메이저리거의 성공 기준은 뭔가요?

누구도 남기지 못한 발자취를 남기는 거요.

그건 다양할 수 있겠네요.

그렇죠. 결국엔 남는 건 숫자겠지요. 그런 기록 면에서 아무도 해보지 못했던 걸 해보고 싶어요.

누구도 남기지 못한 발자취. 아무도 해보지 못한 일. '최초'가 될 수 있는 영역은 여러 가지가 있다. 지금까지 그가 그래왔듯 열린 마음으로 다가서고 도전한다면 어떻게 또 새로운 세계가 열릴지는 누구도 모르는 일이다. 그래서 더 궁금해진다. 호기심을 가지고 도전하는 자의 결과는 어떨까?

마다는 내도 이워했다. 저음부터 될 줄은 몰랐다. 하지만 될 거라는 생각으로 한 단계씩 올라서다 보니 진짜로 됐다. 그렇게 하나씩 달성해 나간 목표가, 하나씩 이루어 간 꿈이, 지금의 이정후를 만들었다. 오타니가 전한 또 다른 한마디가 떠오른다. "인생이 꿈을 만드는 것이 아니라 꿈이 인생을 만드는 것이다."

긍정의 힘으로,
상상을 현실로

죽기 전에 꼭 이루고 싶은 일이 있다면 무엇입니까?

한국 스포츠 선수 중에서 제일 영향력 있는 사람이요.
그러려면 더 많은 활약을 해야 하고,
해야 할 일도 많겠지만 그런 사람이 되었으면 좋겠어요.
아직은 제가 많이 부족하지만 지금처럼 목표를 하나씩 이뤄간다면
언젠가는 근처 정도까진 도달하지 않을까요?

단기적이면서 구체적으로 세웠던 목표를 하나씩 달성해 갔다. 그렇게 그는 지금도 한 걸음씩 앞으로 향해 나아가고 있다. 하지만 크게 생각해 보면 과거에 그저 막연하게 그렸던 꿈이 하나하나 현실로 이루어지고 있는 것이다. 프로 입성, 국가대표, MVP, 그리고 어디서든 최고가 되겠다는 꿈. 그러니 지금은 막연하게 생각할 수 있는 상상도 미래가 되면 단기적 목표가 되어 눈앞에 실현을 앞두고 있게 되는 것도 충분히 생각해 볼 수 있는 일이다.

그렇게 살아왔다. 그래서 그의 상상 같은 꿈이 그렇게 아득하게만 들리지는 않는 것 같다. 다음은 무엇을 이루어낼까. 보는 사람도 궁금하지만 가장 궁금한 건 본인 자신. 된다는 주문이 이렇게 큰 힘을 발휘한다는 걸 몸소 겪었으니 말이다. 할 수 있다는 자기 암시는 생각부터 행동, 일상 속 많은 것을 바꾸어 놓았다. 그래서 이어지는 생각이, 꿈이, 상상이 더 궁금해지고 기대가 된다.

훗날 메이저리거로서 이정후가 그리는 가장 짜릿한 상상은요?

제가 주축 선수로서 월드시리즈에서 활약하고, 그런 모습을 통해 대한민국에서도 야구에 더 열광할 수 있는 상황을 만드는 거요. 옛날에 박찬호 선배님처럼요.

아직은 막연하게 느껴진다. 지금 시점에 아직 메이저리그 진출조차 확실히 정해진 게 없다. 그래서 본인도 현실적으로는 신중하게 목표를 바라보고 있을 뿐이다. 하지만 나만의 상상은 나만의 자유다. 그리고 그 행복한 상상이 내 꿈을 향한 동기부여로 이어진다면 그것만큼 좋은 에너지도 없다. 그래서일까. 그는 막연한 꿈이라도, 어떻게 될지 모르는 상황이라도, 그게 운명이 맞닿아야만 가능한 지점이라고 할지라도, 늘 한계 없는 최상의 순간을 그리고 생각해왔다.

한 치 앞만 내다보는 것도 버거운 세상이다. 생각하는 대로 이루어지는 것도 많지 않다. 그래서 언제부턴가 '된다'는 확신이 '될까'라는 의구심으로, 때로는 '안 된다'는 비관으로 이어지는 경험을 종종 하게 된다. 그래서 늘 긍정을, 그리고 낙관을 떠올리는 게 벅차게 느껴지기도 한다. 수없이 마주하는 실패 속에서, 시련 안에서, 마냥 된다는 생각이 오히려 현실과 동떨어진 듯한 느낌을 주기도 하기 때문이다.

하지만 그렇다고 해서 비관적인 생각이 내가 원하는 바를 이루는 데 그렇게 큰 도움이 되지 않는다는 건 누구나 알고 있다. 걱정만 하고 있다고 해서 피하고 싶은 일이 일어나지 않는 건 아니다. 노력만 가지고 불가능을 가능으로 바꿀 수 있는 확률이 100%인 것도 아니다. 다만 어차피 일어날 일은 일어난다고 한다면 그 과정을 어떻게 만들지는 내가 선택할 수 있다.

원하는 일에 더 빠르게 다가가는 힘, 반대로 무너졌을 때 나를 다시 일으켜 세우는 힘은 내 안에 있다. 더구나 세상 대부분의 일처럼 내 마음대로 통제하기 어려운 일이라면 결국 할 수 있는 건 기능적인 노력, 그리고 자기 인내다. 가장 어렵게 느껴지지만 결국에 가장 쉬운 일이 내 마음을 통제하는 것이다.

그렇다면 '이왕이면 좋은 생각'. 이 힘으로 그는 막연함을 가능성으로 바꿔낸다. 여기에 무한함을 인지할 때 수행 능력은 더 올라간다고 했다. 한계 없는 상상이 더해지니 그 힘은 배가 된다.

밖에서 바라봤을 땐 언제나 성장과 성과를 만들어냈으니 생각한 대로 이루어진 것처럼 보일 수 있다. 하지만 속으로는 겉으로 드러내지 않은 수많은 좌절이 있었을 것이다. 그렇다고 무너지기보다 더 좋은 생각을 하면서 버텨낸다. 누군가는 환상처럼 보일 수 있는 그런 상상일지라도. 그런 생각만으로 재밌다. 다시 기분이 좋아지고, 다시 해내고 싶다는 활력으로 이어진다. 아주 단순한 선순환이다.

나중에 아들이 생긴다면 어떤 이야기를 해주고 싶나요?

어떤 일을 하든 내가 하는 일에 대해서 자부심을 가지고 올바른 목표 의식을

삼으면서 앞만 보고 계속 걸어갔으면 좋겠다고 말해주고 싶어요.

어떤 일이 생기든, 목표만 바라보고 전진했으면 좋겠어요.

다가오는 결과 역시 순리대로 받아들이고요.

제가 그렇게 살아왔거든요.

• • •

그간의 삶에 대한 회고, 그 속에 중요하게 생각해 온 철학, 그리고 지금의 나

를 있게 한 유의미한 마음가짐. 아직은 세상에 존재하지 않지만 내가 가장 사

랑하고 가장 아끼게 될 누군가에게 하고 싶은 이야기가 나처럼 살았으면 좋겠

다는 것. 이미 이정후가 잘 살아왔고 또 잘 살아가고 있다는 방증이지 않을까?

저 이야기를 다시 한번 곱씹어 살펴보게 된다. 이정후의 삶, 아니 이정후 그 자

체를 표현하는 문장을 이렇게 들을 수 있었다.

내가 하는 일에 대한 자부심. 올바른 목표 의식. 그리고 전진과 순리.

19

예기치 않은 불운 속에서
성장을 얻다

이정후 선수는 천생 야구선수이고, 천생 야수인가 봅니다.

저는 다시 태어나도 야수를 하고 싶어요.
왜냐하면 매일매일 경기에 나가는 게 너무 재밌거든요.

2023년 5월 9일. 잠실에서 키움과 LG의 경기가 열리는 날이었다. 현장 인터뷰를 위해 잠실야구장을 찾은 나는 정신없이 방송을 준비하고 있었다. 시간이 어떻게 지나갔는지 어느덧 다섯 시 삼십 분을 넘긴 시점. 중계석에서 문득 내다본 전광판에는 양 팀의 라인업이 떠 있었다. 경기 개시 한 시간 전부터 양 팀 라인업을 전광판에 노출하는 공식 규정에 따라 하루도 빠짐없이 봐왔던 일상적인 장면. 그리고 사전 취재를 통해 그 전부터 알고 있던 선발 라인업까지. 이상하게 느낄만한 요소가 하나도 없었음에도 뭔가 낯설다는 느낌을 받은 이유는 바로, 그 큰 전광판에 한 시간 가까이 원정팀 1번 타자의 기록이 계속 눈에 들어오기 때문이었다.

그 기록의 주인공은 바로, 원정팀 히어로즈의 리드오프 이정후. 그 커다란 전광판 속, 이름에 어울리지 않는 낮은 타율이 경기 시작 전까지 어딜 가든 시선을 강탈했다. 그가 극심한 타격 부진을 겪던 시기라는 걸 알고 있었음에도 이 장면이 기억에 남는 이유는, 원정팀 1번 타자이기에 겪어야 하는 이 순간을 이정후는 어떻게 느꼈을지 너무나도 궁금했기 때문이다.

다른 타자였다면 내가 타석에 들어서는 그 순간만 견디면 되지만 원정팀 1번 타자는 이야기가 다르다. 말 그대로 한 시간 가까이 그 '정지화면'을 봐야만 한다. 그렇다고 나만 보는가. 야구장을 찾은 모든 이가 경기가 시작되기 전까지 그 장면만 보게 된다.

이정후 역시도 현재 본인에게 만족스럽지 않은 기록이라는 것을 알고 있다고 하더라도, 이 상황을 마주하며 경기에 임하는 건 어떤 마음일지 궁금했다. 그리고 시간이 흘러 어느 정도 부진을 극복한 이후 그로부터 이 이야기를 자세히 들을 수 있었다.

정말 궁금했던 게 있습니다. 부상 전에 한창 힘들 때가 있었잖아요. 그때 제가 잠실 원정 경기에 현장 인터뷰를 하러 갔거든요. 그날 1번 타자 선발출전이었는데, 원정팀이 선공이니까 원정팀 1번 타자 기록이 계속 전광판에 나와 있잖아요. 근데 그게 너무 낯선 타율인 거죠.
보지 않습니다. 잠실은 그래도 경기가 시작한 후에는 제가 타석에 설 때만 타율이 나오잖아요. 그런데 고척 홈 경기는 수비 때도 이름 옆에 기록이 계속 나와 있어요. 그냥 계속 보지 않으려고 했습니다. 이건 제 타율이 아니라고 생각했어요. 어차피 시즌 144경기가 끝나야 나오는 성적이 제 기록이니까요. 그냥 거쳐 가는 타율이라고 계속 생각했죠.

부진의 시간이 그동안 경험했던 것보다 훨씬 더 길어진 상황을 마주했을 때도 극복 방법은 결국 같았다. 잘될 때 들뜨지 않는 것처럼, 잘되지 않을 때 동요하지 않기. 마음처럼 결과가 나오지 않더라도, 생각보다 회복이 더디더라도, 이 마음을 잘 다스리면서

220 무너지지만 않는다면 언젠가 노력이 빛을 발할 날이 올 거라는 믿음으로 매일을 버티는 것이었다.

어떻게 극복할지 방법을 찾는 게 참 어려웠을 것 같습니다.

마냥 좋아질 거라는 기대만으로 하루를 보냈던 것 같아요.

그것밖에 없기는 하죠.

네 맞아요. 5월은 또 다를 거야. 그리고 6월은 지금보다 나을 거야. 그렇게 점점 좋아지고 있었고, 실제로도 좋아졌어요. 다행이죠.

지금까지 그렇게 이겨내 왔듯, 그의 부진 탈출기에는 긍정적인 자기 주문이 결과적으로 큰 역할을 해냈다. 그리고 또 한 가지, 자세히 들여다보면 기술적인 변화도 있었다. 바로 원래의 타격폼으로 다시 돌아온 것. 그저 기술만 다시 연마하면 되는 단순한 문제는 아니다. 비시즌 이것만을 위해 많은 사람과 힘을 모아, 오랜 시간 공을 들여 투자한 변화를 동전 뒤집듯 단숨에 바꿔낼 순 없는 일이기 때문이다.

타격 다관왕을 차지했던 타격 자세를 새로 바꾸겠다는 다짐을 한 것만으로 이정후로선 어려운 결정이자 중대한 도전이었다. 굳이, 왜, 뭐하러. 냉소적인 시선도 있었고 우려 섞인 반응도 많았다. 그만큼 더 입증하고 싶었을 것이다. 초반 부진이 이어질수록 주변의 부정적인 평가는 그를 수없이 흔들었을 것이다. 뚝심일까 고집일까, 타협일까 포기일까. 고민 그리고 시도 끝에 내린 결론은 다시 원래의 타격폼으로 돌아오기로 한 것이었다.

시즌을 앞두고 변화를 시도했던 타격폼은 원래대로 돌아온 겁니까?

돌아왔죠. 근데 그 부분에 대해 전혀 후회하지는 않아요. 왜냐하면 제가 결정한 일이었으니까요.

더 잘하고 싶어서 내린 선택이었고요.

맞아요. 결론적으로 결과는 좋지 않았지만, 그로 인해 제가 무언가를 잃었다고 생각하지는 않아요. 겨울 동안 정말 열심히 준비했고, 또 많은 분께서 저를 도와주셨어요. WBC라는 국제대회에서는 성과를 내기도 했고요. 글쎄요. 그냥 안 좋게 시작하려는 해가 아니었을까요? 저는 그렇게 생각했어요.

쓰릴 수 있는 마지막 한마디처럼 보이기도 하지만 한편으론 저만큼 편해진 한마디도 없을 것이다. '이젠 어쩔 수 없다'고 받아들이는 것. 그렇다고 내려놓거나 포기해버린 건 아니니까. 후회 없을 만큼 최선을 다해본 자만이 할 수 있는 말. 그속에 교훈까지 담겨있으니 어쩌면 이정후는 더 많은 걸 느끼고 배웠을 것이다.

사실 이런 부진이라던가, 변화에 따른 시행착오 같은 것들이 언젠가는 겪을 일일 수도 있는 거잖아요. 새로운 무대에서 이런 어려움을 겪는 것보다는 나으니까요. 그래서 더 많이 배웠겠습니다. 나에게 진짜 맞는 건 이거다. 그거예요. 제 타격에 대한 확신이 더 생겼어요. 이렇게 치는 게 나에게 더 맞는 거구나. 많은 걸 느꼈습니다. **좋은 자양분이 되는 시간이었을 거라 생각됩니다.**

맞아요. 만약에 메이저리그에 가서 이런 상황을 처음 겪었다면 더 멘탈 관리가 어려웠을 것 같아요. 그런데 미리 겪었기 때문에 어떻게 해야 할지를 이제는 알게 됐죠. 앞으로 야구를 하면서 마음처럼 되지 않을 때 어떻게 하면 되는지도 배울 수 있었고요.

신인 시절부터 그가 한 단계씩 계속해서 성장했다는 증거는 비단 기술이나 기록의 향상이 전부가 아니다. 팬서비스나 리더십 같은 야구 외적인 요소들을 새로 장착해 나가며 성장하고 발전했다. 2023시즌을 통해서 그는 또 한 번 새로운 무기를 얻었다. 바로 위기 극복 능력, 그리고 부상 이후의 관리. 이렇게 이정후는 또 한 단계 '성장'했다.

20

다시 쓰는 '마지막 장면'

생각했던 것보다 더 씩씩한 모습인 것 같습니다.

달라질 게 없잖아요.
이미 이런 상황이 저에게 벌어졌으니까요.
앞으로 있을 일을 더 신경 써야죠.
아쉽다고만 생각하는 건 의미가 없잖아요.
다쳤을 때 의사 선생님께 제일 먼저 여쭤본 게
앞으로 선수 생명에 지장이 있는지,
그리고 재발 가능성이 있는지였어요.
없다고 하시더라고요.
그럼 괜찮으니까 앞으로 어떻게 할지만 생각했어요.

안녕하세요!

오! 건강해 보이는데요?

저요? 괜찮다니까요?

인사를 하며 들어오는 그의 표정은 밝았다. 그리고 씩씩했다. 특유의 당당한 모습에서 부상의 후유증이라곤 찾아볼 수 없었다. 2023년 10월 10일 화요일. 키움 히어로즈의 시즌 마지막 홈 경기이자 그의 부상 복귀 후 첫 경기, 그리고 그가 메이저리그 진출 전 마지막으로 출전하게 될 KBO리그 경기를 앞두고 오랜만에 그를 만났다.

미디어 인터뷰나 덕아웃 분위기를 통해 팀의 마지막 홈 경기가 그의 고별 경기가 될 것이라는 예상은 어느 정도 할 수 있었다. 그렇게 모두가 알고 있는 듯, 알 수 없는 비밀처럼 홈 마지막 경기에서 한 타석, 그리고 한두 이닝 정도의 수비를 소화하며 팬들에게 작별 인사를 하기로 약속하고 있었다. 최소한 당분간은 마지막이 될 '고척 홈 경기'에 출근한 그는 아직은 실감이 나지 않는다면서도 경기 시간이 다가올수록 마음이 묘해질 것 같다며 복합적인 감정을 전했다.

가볍게 그간의 안부를 물었다. 건강하게 돌아와서 정말 다행이었지만 부상으로 보낸 시간은 고되고 또 아쉬웠을 테니 다시 만

난 그 순간까지도 걱정되는 마음은 내심 있었다. 그런데 이게 웬걸. 생각 이상 정도가 아닌, 생각과 전혀 다를 정도로 유쾌한 모습으로 그는 이야기를 시작해 갔다. 마취가 제대로 되지 않아서 통증은 없었으나 칼이 몸에 닿는 게 느껴져서 깜짝 놀랐다는 이야기. 잠들지 않았다고, 마취약이 더 필요하다고 다급한 손짓으로 간호사 선생님을 불렀다는 이야기. 수술은 15분 만에 끝났다는 이야기까지. 해맑은 청년의 모습으로 시시콜콜한 수다를 털어놓는 그의 모습은 안도와 동시에 궁금증을 자아냈다.

다른 선수들의 이야기를 들어보면요. 특히나 처음으로 그렇게 큰 부상을 당하게 되면 많이 초조해진다고들 하던데요.

저는 그렇지는 않았어요. 다시 빠르게 야구를 하고 싶다는 생각뿐이었죠. 그 정도로 심각한 부상까지는 아니어서 그랬던 것일 수도 있고요.

시즌 중반 시점에 시즌 아웃 판정을 받았는데도 큰 부상이 아니라고요? 게다가 시즌 중에 이렇게 부상을 당한 것도 처음이었잖아요.

정말 괜찮았어요. 사실 처음엔 '어떻게 하지'라는 생각이 들기도 했죠. 근데 하루 이틀 지나니까 금세 괜찮아지던데요. 정말 쉼 없이 달려왔잖아요. 그래서 '좀 쉬라는 신호구나'라고 받아들였어요. 덕분에 잘 쉬었습니다.

재활 과정 안에서 그만이 느꼈을 마음고생은 굳이 꺼내어 말하지 않을 뿐 없었다면 거짓말일 것이다. 본인이 아닌 이상 모든 순간을 다 헤아릴 순 없지만, 어쨌든 이렇게 몸도 마음도 건강하게 돌아왔다는 건 그 자체만으로 다행인 일이었다. 그 쉼이 진정 편안하기만 한 휴식은 아니었을 테지만, 결과적으로 '쉼'으로 정리할 수 있을 만큼 정말 잘 쉬고 돌아왔기에 한결 후련해 보이는 모습. 좌절 대신 필요했던 시간으로 전환해 그 시간을 오롯이 자신의 시간으로 만들고 복귀한 건 과연 이정후다웠다.

부상당한 날을 떠올려보면 비 온 뒤에 땅이 좋지 못한 영향이 있었잖아요. 그래서 더 아쉬웠겠다는 생각도 들더라고요.
모두 같은 그라운드에서 경기를 한 건데 저만 다쳤잖아요. 그것 때문이었다고 말하면 핑계밖에 안 되죠. 그냥 제가 운이 없었던 것뿐이에요.

상황을 원망할 이유도 없다. 자신에게 그렇게 도움이 될 게 없기 때문이다. 그리고 여기, 다시 '이정후다운' 모습을 발견한 대목. 바로 그만의 동기부여였다. 부상 복귀 속도는 사람마다 다를 수밖에 없다. 같은 조건인 듯 보여도 사람마다 가지고 있는 각자의 상태는 천차만별이며 의지나 마음가짐에서도 차이를 보이기 때문이다. 부상 후 재활 과정을 거치게 되면 누구나 가능한 한 빠르게 최상의 몸 상태를 만들기를 원하지만, 매일 반복되는 그 지루한 싸움에서 더 뚜렷한 목적이나 목표 없이 막연한 의지만으로 매일 새로운 에너지를 발산하며 매 순간을 이겨내기란 쉽지 않다.

프로 입단 후 처음으로 마주한 시즌 중 장기 이탈. 모든 게 낯설고 당황스러웠을 것이다. 관중들의 환호와 함성도 없는 공간에서, 그 좋아하던 치고 던지고 달리는 것도 할 수 없다. 함께 땀 흘리던 동료도 없이 그저 나와의 싸움을 혼자서 이어가야만 한다. 그 상황을 버티게 하는 확실한 힘이 필요했던 순간. 여기서 이정후는 '마지막 장면'을 떠올렸다. 그것만큼은 자신이 최선을 다해 노력한다면 어떻게든 바꿀 수 있다고 판단했기 때문이다.

이를 위해 할 수 있는 것을 찾았다. 부상이라는 건 이미 벌어진 일이었다. 아쉬움이 없을 리는 없다. 다른 건 다 괜찮지만, 부상 공백으로 인해 연속 기록이 깨지게 된 것이 아쉽긴 하다는 이야기를 덧붙이기도 했다. 하지만 이미 지나간 일이기에 미련을 두면 자신만 고통스러워진다. 아쉬움을 뒤로하고 찾아낸 방법은 바로 막연한 의지를 확실한 의지로 바꾸는 것이었다. 명확한 목표이자 동기부여. 바로 '마지막 장면을 바꿔 내겠다'는 뚜렷한 의지가 에너지로 발현됐다.

그 마음이 들더라고요. 이번 시즌이 당분간 제가 KBO리그에서 보내는 마지막 시즌일 수 있잖아요. 그 마지막 시즌의 마지막 모습이 트레이너의 부축을 받고 절뚝이면서 나오는 장면으로 기억되고 싶지는 않더라고요. 그래서 처음에는 시즌 아웃 판정을 받았지만, 마지막 모습을 다르게 남기기 위해서 어떻게든 시즌이 끝나기 전에는 무조건 복귀하겠다고 마음먹었어요. 그래서 더 재활에 집중하고 열심히 준비했던 것 같습니다.

그만큼 더 어려운 시간이었겠습니다.

팀에서는 오전 운동만 했어요. 그리고 집에 가면 할 게 없더라고요. 그래서 개인 운동하던 곳에 가서 운동하고, 재활 치료도 한 번씩 더 받았죠. 그렇게 하루에 세 번씩 운동하니까 금방 좋아지던데요.

본의 아니게 자신의 마지막 장면이 될 수 있었던 부상 직후의 뒷모습. 어떻게 해서든 그 마지막 모습은 할 수 있는 한 내가 원하는 모습으로 바꿔내겠다고 다짐했다. 그 확실한 목표가 지루한 재활 과정 안에서 그를 일으키게 했다. 그것도 매일, 하루에 세 번 이상씩. 덕분에 시즌이 종료되기 전, 건강하게 그는 그라운드로 복귀할 수 있었다.

그렇게 경기는 시작됐다. 삼성 라이온즈와의 팀 간 최종전. 8회 말, "대타 이정후"라는 안내 방송이 나오자 고척스카이돔의 함성은 홈과 원정 가릴 것 없이 우렁차게 터져 나왔다. 때로는 홀로 분전했고, 때로는 묵묵히 뒤를 받치며 히어로즈 팬들에게 잊지 못할 순간을 선사한 그에게 홈팬들은 지지와 응원의 박수를 전했고, 언젠가는 리그의 슈퍼스타로 또 언젠가는 대한민국의 자랑으로 우리의 가슴을 뜨겁게 만든 그에게 원정 팬들은 감사와 격려의 박수를 보냈다.

팬들에게 정중히 복귀 인사를 전하고, 80일 만에 타석에 선 이정후. 재활을 거친 새로운 몸 상태에 오랜만에 실전 타석에서의 감각도 낯설었을 그 상황에도 그는 끝까지 상대 투수를 괴롭히는 끈질긴 승부를 펼쳤다. 한 구 한 구 모든 순간에 의미를 담기라도 한 듯 신중하게 공을 골라내고 전력을 다해 배트를 휘두르며 투수를 상대했다. 최종 결과는 3루 땅볼 아웃. 그러나 그가 선보인 '12구 승부'는 1초라도 더 그를 두 눈과 카메라에 담고 싶어 하는 팬들의 마음을 달래기에 충분했다.

누구보다 상황에 맞는 타격을 할 줄 아는 선수. 불리한 카운트에서도 상대를 괴롭힐 줄 아는 선수. 상대 투수의 어떤 공이든 인플레이 타구를 생산할 능력을 지닌 선수. 존재만으로도 상대에게 위협이 될 만한 선수. 그래서 팬들이 사랑할 수밖에 없는 선수. 그렇게 이정후에 대한 팬들의 기억 속에 KBO리그에서의 '마지막 장면'은 다시 쓰일 수 있었다.

다시 덕아웃으로 돌아가는 그의 뒷모습을 향해서도 팬들은 또 한 번 환호성으로 그의 건강한 복귀를 환영했다. 당시 지고 있던 라이온즈도, 이기고 있던 히어로즈도. 승패와 상관없이, 적과 동지 구분할 것 없이, 모두가 한마음이 되어 박수를 보내는 그 장면은 새삼 스포츠의 매력을 넘어 도전의 고귀함을 실감케 하는 감동 이상의 순간이었다.

시대를 풍미했던 스타의 아들로 성장기를 함께 나누며 이렇게 잘 자라준 바람의 손자에게, 실력과 인기를 모두 겸비하며 리그의 재미를 더해준 KBO리그의 MVP이자 올스타에게, 그리고 패기 있는 플레이와 투지 넘치는 파이팅으로 대한민국 국민에게 감동을 선사했던 국가대표 선수에게 팬들은 박수로 그리고 함성으로 마음 깊은 성원을 전했다.

천재적인 타격과 열정적인 플레이로 소속팀을 넘어, KBO리그를 넘어, 대한민국 스포츠팬들의 마음에 새로운 바람을 몰고 온 한국 야구의 아이콘. 더 넓은 무대에 새로운 바람을 일으킬 그의 간절한 바람이 담긴 위대한 도전은 계속 진행 중이다. 이제 막 시작되었다고 해도 좋을 것이다.

대단한 사람
행동하는 사람
도전하는 사람

처음으로 사석에서 만나 이야기를 나눠본 이정후는 생각보다 더 무던했다. 그라운드에서 봐왔던 모습을 떠올리며 뭔가 '비범'한 구석이 있을 거라는 기대감으로 괜한 의미를 부여하려는 내 말에 그는 다소 민망해하기도 했다. 자신은 그저 야구를 좋아하고 열심히 하는 선수 중 한 명일뿐이라고, 남들과 다르거나 특별히 대단한 사람이 아니라고 얘기했다.

그렇다면 '대단한 사람'의 의미는 뭘까. 그와의 대화를 통해 정의한 건 바로 '행동하는 사람'이었다. 변화의 필요성을 느끼고, 굳센 의지를 다지고, 자신감을 채워보지만, 결국엔 핑계로 귀결되는 온갖 한계와 사정으로 인해 다짐과 각오에만 그치고 말았던 수많은 날이 있었다. 나는 그들만큼 특별하진 않아서, 나는 그렇게까지 대단하진 못해서. 스스로와 타협했던 그 순간들에 이정후는 나 역시도 당신과 같다고 말했다.

대단한 비결, 특별한 비결. 사실 들어보면 대체로 평범한 이야기다. 하지만 그 평범한 이야기의 진짜 의미를 이해하고, 잘 실행할 줄 아는 사람이 결국 대단해지는 것이었다. 이 단순한 이치를 깨우치게 해준 그로 인해 내가 그동안 그토록 동경해왔던 '대단한 사람'에 대한 문턱을 오히려 낮출 수 있게 됐다. 그래서 용기가 생겼다. 뭐든 할 수 있다는 자신감, 뭐든 될 수 있다는 희망이 내게 생겼다. 이 책을 통해 나와 같은 마음을 더 많은 사람들이 느끼길 바라며, 이렇게 '대단한' 용기를 준 이정후 선수에게도 응원의 마음을 가슴 깊이 전해본다.

찰나의 바람에도 시리게 추웠던 2022년 12월의 어느 날. 새로운 무대를 떠올리며 그저 들떠있던 그의 모습이 지금도 생생하다. 이 글을 마무리하며 다시금 이 진리를 새겨본다. 하면 된다. 할 수 있다. 도전은 언제나 설레는 일이다.

2023. 12. 7 오효주

긍정의
야구

초판 1쇄 펴낸 날 | 2023년 12월 22일
초판 2쇄 펴낸 날 | 2024년 1월 5일

지은이 | 오효주, 이정후
펴낸이 | 홍정우
펴낸곳 | 브레인스토어

책임편집 | 김다니엘
편집진행 | 홍주미, 박혜림
디자인 | 참프루, 이예슬
마케팅 | 방경희
사진 | 김진환, 연합뉴스, 게티이미지

주소 | (04035) 서울특별시 마포구 양화로 7안길 31(서교동, 1층)
전화 | (02)3275-2915~7
팩스 | (02)3275-2918
이메일 | brainstore@chol.com
블로그 | https://blog.naver.com/brain_store
페이스북 | http://www.facebook.com/brainstorebooks
인스타그램 | http://www.instagram.com/brainstore_publishing

등록 | 2007년 11월 30일(제313-2007-000238호)